Autor

Heiko Mittelstaedt wurde 1971 in der Lüneburger Heide geboren. Er lebt seit 16 Jahren mit seiner Familie in der Nähe von Heidelberg. „Der Mörder ist immer ein Narr" ist sein erster Roman über den erfolgreichen Pariser Ermittler Georges-Victor Massu – den echten Kommissar Maigret vom Quai des Orfèvres Nummer 36.

HEIKO MITTELSTAEDT

Der Mörder ist immer ein Narr

Erster Fall des echten Kommissar Maigret

**Bibliografische Information der Deutschen
Nationalbibliothek**
Die Deutsche Nationalbibliothek verzeichnet diese
Publikation in der Deutschen Nationalbibliografie;
detaillierte bibliografische Daten sind im Internet
über http://dnb.d-nb.de abrufbar.

© 2014 Heiko Mittelstaedt
3. überarbeitete Auflage 2015
Satz und Layout: Heiko Mittelstaedt
www.moerderisch2015.jimdo.com
Herstellung und Verlag: BoD - Books on Demand,
Norderstedt
ISBN- 9783734738456

Heiko Mittelstaedt

Der Mörder ist immer ein Narr

**Erster Fall des echten
Kommissar Maigret**

Books on Demand GmbH, Norderstedt

Sehr viele Menschen leben davon, dass die Wahrheit auf Erden so schwer zu finden ist: die Detektive, Rechtsanwälte, Richter, Schriftsteller, Wissenschaftler, Philosophen, Geistlichen und viele andere.
(Georges Simenon)

L'assassin est toujour un imbécile!
Der Mörder ist immer ein Narr!
(Georges-Victor Massu)

Prolog

Dienstag, 4. März 1930; 13:00 Uhr
Pont Neuf; Île de la Cité

An diesem sonnigen Nachmittag, an dem die Luft prickelte und flimmerte wie Champagner, standen zwei unscheinbar aussehende junge Männer dicht nebeneinander auf der Pont Neuf und rauchten schweigend ihre Pfeifen.

Kein einziger Pariser und schon gar keine Pariserin, die sich hektisch nach einem geeigneten Picknickplatz auf dem Square du Vert-Galant umsahen, hatten einen Blick für die majestätische Reiterstatue Heinrich IV. übrig oder betrachteten gar die in der Sonne glänzende Spitze des Eiffelturms, der sich auf dem vier Kilometer entfernt befindlichen Champ de Mars imposant in den blauen Februarhimmel reckte.

Weil sich kaum ein Pariser Zeit für die Sehenswürdigkeiten seiner Stadt nahm, und noch viel weniger Zeit für seine Mitmenschen, beachtete auch niemand die beiden Männer auf der Brücke, die qualmend einem dampfenden Lastkahn hinterherblickten, der langsam Seine aufwärts tuckerte und von Zeit zu Zeit einen gequälten Ton seines Signalhorns hören ließ. Und so entging den vorbeeilenden Parisern an diesem Tag ein Treffen von ganz besonderer Art und Ausmaß.

Einem der beiden Männer wollte mancher Pariser nicht gerne persönlich begegnen, doch auf ein Treffen mit dem anderen Mann waren viele Menschen nahezu versessen.

Bei dem ersten Mann – einem elegant gekleideten und freundlich lächelnden 40 Jährigen mit glatten und exakt seitengescheitelten, schwarzen Haaren und einem ebenso exakt gestutzten schwarzen Schnurrbart – handelte es sich um Inspektor Georges-Victor Massu von der Pariser Kriminalbrigade am Quai des Orfèvres.

Der andere Mann, dessen sprichwörtliche Spitzbübigkeit sich in wild und spärlich vom Kopf abstehenden dunkelbraunen Haaren und einer noch wilderen Kleidungsauswahl zeigte, war der 27 jährige, beliebte Polizeireporter und aufstrebende Schriftsteller Georges Simenon.

Nach einer gefühlten Ewigkeit, in Wahrheit waren seit ihrem Zusammentreffen gerade einmal fünf Minuten vergangen, straffte sich Simenon und drehte sich zum rechts von ihm stehenden Inspektor um, der völlig regungslos und mit ausdrucksloser Miene auf das sanft und braun dahinfließende Wasser der Seine starrte.

„Das ich das noch erleben darf. Das Sie und ich einträchtig nebeneinander auf der Pont Neuf stehen... Was ist mit Ihnen los, Massu? Werden Sie alt?", lachte der Schriftseller laut.

„Erinnern Sie sich an den Fall Mestorino?", antwortete Massu leise, ohne auf die Anspielung Simenons einzugehen.

„Sie meinen den gewaltsamen Tod von Gaston Truphème? Der junge Diamantenhändler, den man vor ein paar Jahren tot im Wald von Armainvilliers gefunden hat?"

„Ja, den meine ich.", sagte Massu, ohne seinen Blick von der gekräuselten Wasseroberfläche zu lösen.

„Und?", fragte Simenon gespielt gleichgültig und stieß eine dicke Rauchwolke aus.

„Charles Mestorino ist tot."

Simenon zuckte mit den Schultern.

„Charles Mestorino ist also tot... Der Mörder von Gaston Truphème ist gerichtet. Besser spät als nie, Massu."

„Vielleicht, Simenon... Charles Mestorino starb vor zwei Stunden im Gefängnis."

„Da ihm seinerzeit vor Gericht die Todesstrafe erspart blieb, starb er wohl kaum am Galgen, oder irre ich mich?"

„Nein."

„Das dachte ich mir. Ich nehme ebenfalls nicht an, dass er an den Folgen einer Auseinandersetzung unter den Strafgefangenen gestorben ist?"

„Nein, er ist an einem Mückenstich gestorben, Simenon."

„Kaum zu glauben, Massu! Und da soll noch einer behaupten, dass man aus einer Mücke keinen Elefanten machen soll."

„Sie kleiner Scherzbold."

„Sagen Sie, Massu, war der Fall Mestorino vor zwei Jahren nicht ihr erster großer Fall bei der mobilen Kriminalbrigade?"

„Ja."

„Wissen Sie eigentlich, dass Sie mir zum Fall Mestorino bislang nichts Verwertbares erzählt haben?"

„Ich hatte meine Gründe dafür, Simenon.", brummte der Inspektor.

„Ach kommen Sie, Massu! Ich bin Schriftsteller, auch wenn Sie das bisweilen nicht einsehen wollen.", schimpfte Simenon.

„Das ist nicht das Problem, Simenon, obwohl ich Ihre Kriminalromane zugegebenermaßen für Schund halte. Es ist vielmehr... Nun, mein erster großer Fall verlief nicht ganz nach meinen Vorstellungen."

„Schund?", schnaubte Simenon. „Sie sollten sich Ihre Worte gut überlegen, Massu. Immerhin kommen Sie in meinen Schundromanen vor. Wenngleich ich den liebenswerten Jules Maigret ein wenig runder machen musste… und das nicht nur im körperlichen Sinne."

„Pah.", knurrte Massu.

„Und hören Sie um Himmels Willen mit der Tiefstapelei auf, Massu! Gut, es gab damals keine Verfolgungsjagden und keine Schießereien. Sie mussten sich noch nicht einmal mit einem betrunkenen Zuhälter prügeln, was Sie und Ihre Jungs vom Quai des Orfèvres sonst gerne machen."

10

„Machen wir das?"

„Ja, aber das tut jetzt nichts zur Sache... Ihr erster Fall ist nämlich längst in die Annalen der Police Judiciaire eingegangen."

„Ist er das?"

„Ja, sie haben das bislang längste Verhör der Pariser Polizei geführt. Ihr Rekord wurde bislang nicht gebrochen, Massu*."

„Oh, wie schön. Dafür kann ich mir etwas kaufen, Simenon."

„Und wo Sie bereits zu Lebzeiten eine Legende sind, wofür ein gewisser Charles Mestorino zuerst morden und dann an einem harmlosen Mückenstich sterben musste, könnten Sie mir endlich ein paar delikate Einzelheiten aus Ihrem ersten Fall schildern."

„Ach, könnte ich das, Simenon?"

„Kommen Sie, Massu! Sie wollen es doch auch."

„Nein, ich will das ganz und gar nicht, Simenon. Doch bevor Sie in Ihren Romanen noch mehr Unsinn über mich und meinen ersten Fall schreiben, erzähle ich Ihnen die Geschichte besser ausführlich aus meiner Sicht.", gab Massu trocken zurück.

„Ich bin ganz Ohr, Massu."

„Also, es war so..."

---

* Das Verhör dauerte 17 Stunden. Georges-Victor Massu hält den Rekord noch heute im Jahr 2014.

Kapitel 1

Mittwoch, 29. Februar 1928; 07:30 Uhr
Landstraße zwischen Gretz-Armainvilliers
und Ozoir-la-Ferrière

Genauso wenig wie der 42 jährige Auslie-
ferungsfahrer René Fauvel in der Lage
war, aus feuchter Wellpappe einen rustikalen Eichenschrank zu zimmern, konnte er diesem eiskalten, stockdunklen und nebligen Winter-
tag etwas Angenehmes entlocken.

Seine Lunge füllte sich bei jedem Atemzug mit
kleinen, messerscharfen Eiskristallen und er hatte
das beklemmende Gefühl, an der undurchsichti-
gen Brühe zu ersticken.

Fauvel starrte mit weit aufgerissenen und brennenden Augen durch ein handtellergroßes Guck-
loch, dass er vor einer Viertelstunde in die zuge-
frorene Windschutzscheibe des alten Lieferwagens
gekratzt hatte, angestrengt auf die vereiste Straße.
Zwischen seinen Zähnen klemmte eine längst erlo-
schene Pfeife.

Der rostige Lieferwagen schlingerte, wie von einer unsichtbaren Hand geführt, von links nach
rechts. Fauvel hatte große Mühe, das altersschwa-
che Vehikel mittig auf dem löchrigen Asphalt der

schlüpfrigen Landstraße zwischen Gretz-Armainvilliers und Ozoir-la-Ferrière zu halten.

Glücklicherweise kam ihm bei seiner lebensgefährlichen Fahrweise niemand entgegen. Das graue und eisig glitzernde Asphaltband und die grasbewachsenen Gräben am Straßenrand lagen an diesem frühen Mittwochmorgen völlig verlassen da.

„Verdammter Mist! Was für ein gebrauchter Tag!" fluchte Fauvel leise, damit seine Mitfahrer, der 32 jährige Lucien Bernard, der 28 jährige Georges Coquillon und das Nesthäkchen der Truppe, der 25 jährige André Trémouilles nichts von seinem Wutausbruch hörten. „Und der Alte drückt mir ausgerechnet heute auch noch die drei Pflaumen aufs Auge... Scheiße!"

Fauvel grunzte aufgebracht und kurbelte das Seitenfenster herunter, um in hohem Bogen aus dem Wagen zu spucken. Das Vehikel kam bei dieser sportlichen Einlage erneut ins Schlingern.

Er fing den Lieferwagen ab und konzentrierte sich ab sofort voll und ganz auf die Straße. Dennoch, oder gerade weil er sich derart angestrengt konzentrierte, wurde er von Sekunde zu Sekunde müder. Immer wieder fielen ihm für den Bruchteil einer Sekunde die geröteten Augen zu.

Gerade als er von der großen Anspannung auf die Straße zu starren, einzunicken drohte, kam ihm in einer langgezogenen Rechtskurve ein großes Auto mit chromblitzendem Kühlergrill auf seiner Fahrspur entgegen.

Fauvel riss erschreckt den Mund auf. Die Pfeife entglitt seinen gelben Zähnen und landete irgendwo im Fußraum.

Er trat reflexartig heftig auf die Bremse und das Heck des Wagens brach mit Urgewalt nach links aus. Fauvel riss das Steuer herum und lenkte mit aller Kraft dagegen. Aus dem Laderaum hörte man ein dumpfes Poltern und wüste Beschimpfungen.

Fauvel hatte große Mühe, den Wagen zu bändigen und auf der Geraden wieder halbwegs auszurichten. Schließlich bekam er die gefährliche Situation in den Griff. Er atmete erleichtert auf und schlug gleichzeitig vor Wut mit der flachen Hand auf das Steuerrad.

„Was zum Teufel sollte denn das? Verdammte Sauerei!", brüllte Fauvel aufgebracht

„Bist du irre, Mann? Verdammt!", ertönte eine tiefe Stimme aus dem Laderaum.

„Schnauze, Trémouilles! Da war so ein Spinner auf meiner Fahrspur!"

„Pass' gefälligst auf, du Idiot. Ich bin frisch verheiratet.", entgegnete Trémouilles keine Spur besänftigter.

„Du mich auch!", schnaubte Fauvel und richtete seinen Blick aufmerksam in die Ferne. Wenige Sekunden später riss er erneut, diesmal aber mehr verwundert als erschreckt, die Augen auf. In etwa einem Kilometer vor dem Fahrzeug loderte am rechten Fahrbahnrand ein Feuerschein.

Fauvel trat erneut abrupt auf die Bremse. Der Wagen rutschte über den Asphalt und kam erst nach einhundert Metern zum Stillstand. Der Motor soff ab und aus dem Laderaum hörte er erneut wüste Beschimpfungen.

Diesmal reagierte er nicht auf die rüden Worte seiner Mitfahrer. Er saß wie versteinert hinter dem Steuer und rieb sich die, mittlerweile stark geröteten und tränenden, Augen. Schließlich kurbelte er das Seitenfenster herunter und steckte den Kopf hinaus. Es war niemand zu sehen. Es war absolut nichts zu hören.

„Seltsam… Es riecht ja gar nicht nach Rauch.", murmelte er verwundert.

Fauvel entriegelte die Holzklappe hinter sich und schob sie zur Seite. Im gelblichen Schein des Feuers blickte er in die verwunderten und zugleich erbosten Gesichter seiner Mitfahrer, die inmitten der umgestürzten Ladung hockten.

„Was ist mit dir los, Fauvel? Du fährst wie ein Idiot! Willst du uns alle umbringen?", brüllte Trémouilles sofort.

„Schnauze!"

„Von wegen, Schnauze! Ich gebe' dir gleich was auf die Schnauze! Warum hast du gebremst wie ein Irrer? Hast du ein Reh erlegt, oder was?", zischte nun Coquillon an Trémouilles Stelle.

„Ich hab' nichts und niemanden überfahren! Der Wald brennt!"

Die drei Männer im Laderaum schauten sich erstaunt an. Bernard tippte sich mit dem Zeigefinger an die Stirn.

„Spinnst du, Fauvel? Ein Waldbrand um diese Jahreszeit?", fragte er frech grinsend.

Fauvel sagte nichts. Er zeigte wortlos nach vorne durch die Windschutzscheibe.

„Was ist das?", flüsterte Coquillon erstaunt.

„Keine Ahnung... Steigt aus und schaut es euch an."

Die drei Männer öffneten die Heckklappe und stiegen aus. Sie traten an der Fahrerseite neben den Wagen und blieben im Angesicht des hellen Feuerscheins wie angewurzelt stehen.

Fauvel blieb im Wagen. Er suchte seine Pfeife, fand sie unter dem Beifahrersitz und steckte sie sich in den Mund. Dann nahm er seine schweißnasse Mütze ab und rieb sich mit einem dreckigen Taschentuch die feuchte Stirn trocken.

„Glaubt ihr mir nun?", hauchte er.

„Das ist wirklich seltsam…", murmelte Trémouilles.

„Das sage ich doch! Was machen wir jetzt?", fragte Fauvel in die Runde.

Bernard und Coquillon zuckten gleichzeitig mit den Schultern und schwiegen. Trémouilles kratzte sich nachdenklich am Kinn.

„Ganz einfach!", sagte er schließlich. „Wir machen, was du gesagt hast. Wir gehen hin und schauen uns die Sache an. Da hat vermutlich jemand alte Gartenabfälle angezündet."

„Um diese Uhrzeit, Trémouilles? Und vor allem bei diesem beschissenen Wetter… und noch dazu mitten im Wald in einem Straßengraben?"

Trémouilles verdrehte genervt die Augen.

„Ja, was weiß denn ich, Fauvel? Bin ich Jesus, wächst mir Gras aus der Tasche? Wir sind hier auf dem Land und nicht in Paris. Hier ist alles anders… Lasst uns endlich nachsehen gehen!"

Fauvel hob resigniert die Schultern.

„Ich würde ja viel lieber schnell von hier verschwinden, aber wenn du meinst.", sagte er schüchtern.

Fauvel stieg langsam aus. Als er endlich auf der Straße stand, setzten sich die vier Männer sofort in Bewegung. Sie gingen vorsichtig auf das lodernde Feuer zu. Die Männer blieben zwei Meter vor dem Straßengraben stehen.

Das Feuer war im Grunde nicht mehr als ein etwas größeres Lagerfeuer. Die Flammen schlugen etwa drei Meter in die Höhe. Zwischen den brennenden Holzscheiten lag etwas, das wie ein verbogener Baumstamm aussah.

Trémouilles löste sich aus der Gruppe. Er trat ein paar Schritte näher heran und prallte entsetzt zurück.

Im Feuer lag ein menschlicher Körper! Der Leichnam starrte Trèmouilles aus einem grässlich verzerrten Gesicht an.

„Oh, mein Gott!", rief er und hielt sich erschreckt die Hand vor den Mund, bevor er sich angeekelt abwendete.

Fauvel und die beiden anderen Männer traten daraufhin ebenfalls näher an den Straßengraben heran. Als auch sie den brennenden Körper sahen, machten sie auf dem Absatz kehrt und rannten in Richtung Lieferwagen davon.

Sie ließen den entsetzten Trémouilles allein am brennenden Straßengraben stehen.

„Halt! Bleibt sofort stehen! Wo wollt ihr hin, verdammt noch mal?", brüllte er den Männern wütend hinterher.

Fauvel blieb als Einziger stehen und drehte sich um.

„Weg von hier! Die Bullen aus Paris holen!", schnaufte er.

„Das hat Zeit, Fauvel! Hol' zuerst einen Eimer aus dem Wagen. Wir müssen schnell löschen, was noch zu löschen ist. Andernfalls gibt es hier in ein paar Minuten nichts mehr, was die Flics aus Paris untersuchen können."

Kapitel 2

Zwei Tage zuvor…
Montag, 27. Februar 1928; 19:00 Uhr
Quai des Orfèvres Nummer 36; Île de la Cité

D ie gertenschlanke und gut gekleidete 62 jährige Madame Van Severen löste sich vom Anblick des düsteren Polizeigebäudes und dem hell erleuchteten und geöffneten Fenster im 2. Stockwerk, aus dem bis eben ein Pfeife rauchender Mann zu ihr heruntergeschaut hatte.

Sie überquerte zügig die Straße und betrat selbstbewusst die *Boîte* – die Box –, wie der Palais de Justice auf der altehrwürdigen Île de la Cité im 1. Arrondissement von den Eingeweihten genannt wurde.

Madame Van Severen sah sich im Eingangsbereich des Polizeipräsidiums kurz um. Sie erblickte die spärlich erleuchtete Pförtnerloge, ließ sie jedoch links liegen und setzte ihren Weg durch das düstere Gebäude unbeirrt fort.

Der 74 jährige Concierge Ludovic Baptiste hörte die Schritte der Frau auf dem ausgetretenen Steinboden. Er blickte kurz von seinem Abendessen auf und eilte sofort aus seiner Loge. Er kam jedoch zu spät. Der diensteifrige Concierge sah gerade noch, wie die elegante Dame auf der breiten Treppe des Treppenhauses nach oben verschwand.

Madame Van Severen stieg die ausgetretenen Stufen bis in die dritte Etage hinauf, in dem die Büroräume der *Crim*, der mobilen Kriminalbrigade, untergebracht waren. Der alte Ludovic folgte ihr, so schnell es seine müden Beine zuließen.

Madame Van Severen erreichte das dritte Stockwerk. Sie zögerte kurz und bog dann nach links ab. Sie ging forschen Schrittes den breiten und ausgestorbenen Flur entlang. Nach wenigen Metern gelangte sie zu einem verschlossenen Büro, das die Nummer 315 trug.

Sie blieb stehen, straffte sich und betrat, ohne vorher angeklopft zu haben, das verqualmte Büro des 55 jährigen Kommissars Marcel Guillaume, dem Leiter der mobilen Kriminalbrigade.

*

Inspektor Massu stand im Büro seines Chefs am offenen Fenster und starrte fröstelnd auf den Quai des Orfèvres und die träge dahinfließende Seine. Beide Männer rauchten; Kommissar Guillaume eine seiner übel riechenden Zigaretten und Massu seine Pfeife.

„Woran denken Sie, Massu?", fragte Guillaume interessiert.

„Das man aus feuchter Wellpappe beim besten Willen keinen rustikalen Eichenschrank zimmern kann, Chef.", sagte Massu.

„Wie bitte, Massu? Wo nehmen Sie immer Ihre Sprüche her?"

„Von den Auslieferungsfahren in den Hallen, Chef... Ich will damit sagen, dass man einem eiskalten und nebligen Winterabend nichts Angenehmes entlocken kann."

„Das ist im Winter nun einmal so, Massu... Was sehen Sie sich da draußen eigentlich die ganze Zeit an?"

„Ich sehe von hier aus die Bouquinisten am Quai des Grands Augustins recht gut. Die Verkäufer schließen gerade ihre Stände, Chef."

„Wollten Sie nicht auch mal Bouquinist werden, Massu?"

„Das ist richtig. Ich war aber von Jugend an zu anfällig für Erkältungen und außerdem werden Standgenehmigungen seit Jahrhunderten von Generation zu Generation weitervererbt. In meiner Familie gibt es keinen einzigen Bouquinisten."

„Also gaben Sie gottlob diese Idee auf und wurden Polizist am Quai des Orfèvres."

„Ja, so in etwa... Immerhin bin ich ein begeisterter Leser. Aufgrund meiner vielen langweiligen Fahrten mit der Métro bin ich ein gern gesehener Kunde bei den Bouquinisten geworden."

„Schön für Sie, Massu... Eigentlich möchte ich Ihre Meinung zu einem interessanten Fall hören. Ich möchte wissen, was Sie darüber denken."

Massu antwortete nicht. Er drehte sich wieder um und schaute erneut aus dem Fenster.

„Dort unten steht eine elegant gekleidete Dame."

„Elegante Damen gibt es viele in Paris, Massu."

„Ja, aber diese Dame schaut seit fünf Minuten zu mir hoch."

„Das kommt bei Ihnen und eleganten Damen scheinbar selten vor, oder?"

„Wie meinen Sie das, Chef?"

„Egal, Massu, wenn die Dame was von uns will, wird sie sich beim Concierge melden. Jetzt schließen Sie endlich das vermaledeite Fenster! Mir wird kalt und außerdem lassen Sie den ganzen kostbaren Rauch aus dem Zimmer, ohne den ich nicht nachdenken kann."

Massu schloss die beiden Fensterflügel und setzte sich in einen der Besuchersessel.

„Wie Sie wünschen, Chef... Was wollten Sie von mir hören?"

„Schön, dass Sie mir endlich zuhören... Können Sie sich vorstellen, dass es vor wenigen Stunden jemand fertig gebracht hat, das Gefängnis von Melun auszurauben?"

„Wie bitte?", fragte Massu. „Ich habe mich wohl verhört, oder?"

„Nein, Massu. Der oder die Unbekannten haben drei Riegel eines Fensters entfernt und sind dann mit Hilfe einer Leiter in ein Büro des Gefängnisses eingestiegen. Die Kerle haben sich aus einem Tresor die gesamten Löhne des Wachpersonals gegriffen."

„Wieviel?"

„Insgesamt 120.000 Francs. Aber immerhin ist die Leiter wieder da. Man hat das Ding in der Seine gefunden. Von den Räubern und dem Geld fehlt dagegen jede Spur."

„Wenn Sie mich fragen, Chef, sollten wir die Kerle unter den ehemaligen Gefangenen suchen. Nur ein Ehemaliger kennt die Gegebenheiten vor Ort."

„Daran habe ich auch gedacht. Allerdings könnte es auch ein Wärter gewesen sein, der..."

Just in diesem Augenblick flog die Bürotür auf und Kommissar Guillaume kam nicht mehr dazu, seinen Satz zu beenden.

Im Raum stand Madame Van Severen, die elegante Dame von der Straße, die noch vor wenigen Augenblicken von der Straße aus zu Massu hinauf geschaut hatte. Hinter Madame Van Severen stand keuchend der alte Ludovic mit gerötetem Gesicht.

*

Massu fuhr erschrocken in seinem Sessel herum. Kommissar Guillaume blieb dagegen ruhig sitzen.

„Es gibt Orte auf der Welt, die die meisten unangemeldeten und verrücktesten Besuche erhalten, Massu.", presste er zwischen seinen nikotingelben Zähnen hindurch. „Dabei handelt es sich um die Redaktionen der Zeitungen und um die Büros der Polizei."

Massu nickte verhalten und der Kommissar drückte seine Zigarette im Aschenbecher aus. Er erhob sich langsam von seinem Platz.

Ludovic drängelte sich an Madame Van Severen vorbei und verbeugte sich steif vor Guillaume.

„Verzeihung, Herr Kommissar. Ich konnte die Dame nicht nach ihrem Wunsch fragen."

„Schon gut, Ludovic.", sagte Guillaume sanft. „Das geht schon in Ordnung. Sie können uns alleine lassen."

Ludovic verbeugte sich erneut, drehte sich um und schlurfte missmutig davon. Der Kommissar gab Massu ein kurzes, aber unmissverständliches Zeichen, den Raum ebenfalls zu verlassen.

Massu nickte seinem Chef und Madame Van Severen kurz zu und verließ auf der Stelle Guillaumes Büro. Er ging in sein Büro und ließ die Verbindungstür zwischen den beiden Räumen einen Spalt breit offen, um alles hören zu können.

„Ein überraschender Besuch. Setzen Sie sich bitte. Wie kann ich Ihnen behilflich sein, Madame Van Severen?", fragte Guillaume galant.

„Mein Makler Gaston Truphème ist seit heute Mittag verschwunden, Herr Kommissar. Ich möchte, dass Sie nach ihm suchen.", antwortete die zierliche Madame Van Severen mit ungewöhnlich tiefer und rauchiger Stimme ohne Umschweife.

„Wie alt ist Monsieur Truphème?"

„Er ist 35 Jahre alt. Warum fragen Sie, Herr Kommissar?", fragte die Dame gereizt.

„Mit Verlaub, Madame, aber für die Suche nach Vermissten, noch dazu in diesem Alter, ist die mobile Kriminalbrigade nicht zuständig. Wir bearbeiten in erster Linie..."

„Es ist mir neu, dass die Kriminalpolizei keine Kriminalfälle mehr bearbeitet, Herr Kommissar.",

24

fiel Madame Van Severen dem Kommissar ins Wort.

„Missverstehen Sie mich bitte nicht, Madame Van Severen. Die Spezialbrigade, und ganz besonders unsere Abteilung, die mobile Kriminalbrigade, bearbeiten sehr wohl Kriminalfälle. Jedoch...“

„Wo ist das Problem, Herr Kommissar?“, unterbrach Madame van Severen den Kommissar erneut.

„Nun, Madame, bei der mobilen Kriminalbrigade liegt das Augenmerk eher auf der Aufklärung schwerer Verbrechen. Dazu zählen wir beispielsweise Entführungen, aber nicht die Suche nach vermissten Personen. Inspektor Massu wird sich Ihrem Anliegen natürlich sehr gerne...“

„Werter Herr Kommissar, genau aus diesem Grund bin ich bei Ihnen. Ich möchte Ihnen ein schweres Verbrechen melden.“

„Wieso? Wurde ihr Mitarbeiter etwa entführt?“, fragte Guillaume erstaunt.

„Mein Mitarbeiter wurde nicht entführt. Er ist auch nicht einfach nur verschwunden, Herr Kommissar. Gaston Truphème wurde brutal ermordet!“

Massu setzte sich bei diesen Worten in seinem Stuhl aufrecht hin. Guillaume räusperte sich nebenan vernehmlich.

„Ihr Makler wurde ermordet? Haben Sie Monsieur Truphème tot aufgefunden, Madame?

„Nein!“, sagte Madame Van Severen schroff. „Er wurde bislang nicht tot aufgefunden, Herr Kommissar! Und genau das ist das Problem! Wenn es nämlich so wäre, müsste ich meine kostbare Zeit nicht am Quai des Orfèvres verbringen und Sie höflich ersuchen, nach ihm zu fahnden.

Dann wären Sie und Ihre Männer längst damit beschäftigt, den Tatort zu untersuchen und den Grund für sein plötzliches und brutales Ableben zu ermitteln."

„Mit Verlaub, Madame. Es gibt keine Leiche?"

„Nein, bislang nicht, aber…"

Diesmal war es am Kommissar, den Redefluss seiner Besucherin zu unterbrechen.

„Woher wollen Sie ohne Leiche wissen, dass Monsieur Truphème ermordet wurde, Madame Van Severen? Woher wollen Sie überdies wissen, dass er sogar brutal ermordet wurde?", fragte Guillaume leicht gereizt.

„Nun, jeder Mord ist brutal, oder etwa nicht?"

„Für gewöhnlich schon, Madame."

„Nun denn, Herr Kommissar."

„Seit wann vermissen Sie Monsieur Truphème genau?"

„Ich habe Gaston heute Morgen eine Menge wertvoller Steine anvertraut. Er besitzt mein vollstes Vertrauen, Herr Kommissar. Er sollte die Steine unter anderem dem Juwelier Charles Mestorino aus der Rue Saint-Augustin vorstellen und gleichzeitig eine offene Rechnung mit ihm begleichen. Gaston ist heute Abend nicht wieder bei mir erschienen. Ich traue diesem Mestorino nicht über den Weg."

„Hat Ihr Misstrauen einen besonderen Grund, Madame? Wenn ich mich recht entsinne, ist Monsieur Mestorino ein illustrer Zeitgenosse."

„Ja, Monsieur Mestorinos Gesicht findet man nahezu täglich in jedem Pariser Schmierblatt. Doch wenn Sie es genau wissen wollen, Herr Kommissar... Sein Aussehen ist tadellos, doch Monsieur Mestorinos Zahlungsmoral lässt dagegen sehr zu wünschen übrig. Ich traue dem Mann alles zu."

„Auch einen Mord, Madame? Wegen der Schulden?"

„Auch einen Mord, Herr Kommissar! Wegen der Schulden!"

„Wir haben aber noch keinen Mord, Madame. Das ist eine schwere Anschuldigung, die Sie gegen Monsieur Mestorino vorbringen. Das kann Folgen für Sie haben, wenn wir dem nachgehen."

„Das ist mir vollkommen gleichgültig, Herr Kommissar. Mein Ruf in der Stadt ist auch nicht von schlechten Eltern. Ich bleibe dabei. Diesem Mestorino ist alles zuzutrauen!"

„Gut… Woher nehmen Sie die Gewissheit, dass Gaston Truphème ermordet wurde? Könnte er nicht doch vielmehr einen schlimmen Vertrauensbruch begangen haben?"

„Das ist völlig ausgeschlossen!", rief Madame Van Severen aufgebracht.

„Aber Madame, ich bitte Sie. So etwas ist bei wertvollen Dingen wie Diamanten durchaus vorstellbar."

„Sie kennen Gaston nicht. Ich verbürge ich mich für seine Loyalität und seine ehrliche Art."

„Ja, sicher.", brummte Guillaume genervt.

„Nein, Herr Kommissar, Gaston ist mit den wertvollen Steinen nicht verschwunden. Er wurde ausgeraubt und ermordet! Vielleicht von Monsieur Mestorino, dem ich nicht traue, vielleicht von jemand anderem. Ich weiß es nicht. Ich weiß nur, dass Sie ihn finden müssen!"

„Ihn und Ihre wertvollen Steine natürlich.", murmelte Guillaume.

„Was sagten Sie gerade, Herr Kommissar?", fragte Madame Van Severen, die Guillaumes ironische Bemerkung glücklicherweise nicht verstanden hatte.

„Ich sagte, dass ich unverzüglich nach ihm suchen lassen werde, Madame Van Severen. Sie können sich auf uns verlassen. Wir werden Gaston Truphème finden. So oder so. Guten Abend, Madame."

Der Kommissar stand auf. Madame Van Severen blickte ihn irritiert an und stand dann gleichfalls auf. Sie glättete die Falten ihres Rockes und ging erhobenen Hauptes zur Tür. Sie ignorierte die zum Abschied dargebotene Hand des Kommissars geflissentlich.

„Das hoffe ich sehr für Sie, Herr Kommissar. Ich verlasse mich auf Sie. Halten Sie mich auf dem Laufenden. Guten Abend, Herr Kommissar und... guten Abend auch Ihnen, Herr Inspektor."

„Ähm, guten Abend, Madame.", antwortete Massu ertappt hinter der leicht offen stehenden Tür.

Madame Van Severen verließ ohne weitere Worte den Raum.

„Kommen Sie sofort rüber, Massu!"

„Bin schon da, Chef.", rief Massu und riss energisch die Zwischentür auf.

„Und?"

„Ähm, Madame Van Severen ist eine besondere Person."

„Schnickschnack! Madame Van Severen ist nicht besonders, sondern eine aufdringliche Person, Massu."

„Wenn Sie das sagen, Chef."

„Und das bedeutet, dass sie mir gewaltig auf die Nerven geht, was natürlich nur unangenehm für mich ist. Es darf unsere Brigade aber nicht daran hindern, ihrer wirren Vermisstenmeldung nachzugehen."

„Verstehe, Chef."

„Schön für Sie. Allerdings werden wir nicht mit übertriebenem Eifer an die Arbeit gehen, Massu. Verstehen Sie das auch?"

„Ähm, nein, Chef.", antwortete Massu ehrlich.

„Das habe ich mir gedacht... Ich gehe davon aus, dass sich dieser Gaston Truphème mit den wertvollen Diamanten aus dem Staub gemacht hat. Das ist also eher ein Fall für die Kollegen von der Straßenbrigade und nicht für uns. Rufen Sie dort gleich mal an, Massu."

„Ich gebe sofort eine Suchmeldung heraus, Chef."

„Machen sie das.", antwortete Guillaume geistesabwesend. „Ach, und erkundigen Sie sich nebenbei vorsichtig nach Monsieur Charles Mestorino aus der Rue Saint-Augustin."

*

Massu griff zum Telefonhörer, um einen jungen Reporter anzurufen, der ihm mehr als nur einen Gefallen schuldig war.

„Verbinden Sie mich bitte mit der Redaktion des *Le Matin*, Mademoiselle."

Massu klopfte ungeduldig auf die Schreibtischplatte, während das Fräulein vom Amt versuchte, eine Verbindung zur Redaktion des *Le Matin* herzustellen. Das technische Kunststück gelang ihr bereits nach einer halben Minute.

„Redaktion *Le Matin*. Guten Abend. Was kann ich für Sie tun?", fragte eine sanfte Frauenstimme.

„Ist Simenon zu sprechen?", fragte Massu eine Spur zu unfreundlich, was ihn die Dame am Ende der Leitung bei ihrer Antwort unmissverständlich zu verstehen gab.

„Das ist gut möglich, Monsieur… Monsieur Simenon ist zumindest im Haus. Wen darf ich melden?"

„Hier ist die Polizei, Mademoiselle. Kommissar Maigret am Apparat. Jules Maigret vom Quai des Orfèvres Nummer 36... Monsieur Simenon erwartet meinen Anruf, Mademoiselle. Wenn Sie sich bitte beeilen möchten. Vielen Dank."

„Sofort, Herr Kommissar."

Es knackte in der Leitung und nach wenigen Sekunden drang die sanfte Männerstimme eines Mannes an Massus Ohr, der vor Lachen fast kein vernünftiges Wort herausbrachte.

„Kommissar Maigret? Was kann ich für Sie tun, Herr Kommissar? Sind Sie unter die Komiker gegangen, Massu?", fragte Simenon prustend.

Bevor Massu antworten konnte, knackte es in der Leitung.

„Einen Moment, Simenon... Würden Sie bitte aus der Leitung gehen, Mademoiselle. Dies ist ein vertrauliches Gespräch."

Ein weiteres Knacken verriet Massu, dass das Gespräch nun nicht mehr belauscht wurde.

„So, jetzt, Simenon"

„Oh, heute so dienstlich. Haben Sie etwas zu verbergen, oder wollen Sie mir endlich mal ein echtes Geheimnis anvertrauen."

„Ich mag nicht belauscht werden, Simenon."

„Sehr recht, Maigret. Keine feine Sache das. Nur gut, dass die Polizei von derartigen Methoden absieht. Das wäre ja noch schöner…"

„Schon gut, Simenon. Mäßigen Sie sich."

„Natürlich, Maigret… Ich freue mich selbstverständlich über jeden Anruf meines selbst kreierten Lieblingskommissars."

„Sie faseln dummes Zeug."

„Darf ich diese Szene in einem meiner nächsten Romane verwenden, Massu?"

„Machen Sie, was Sie wollen. Sie machen es ja schließlich auch dann, wenn ich Ihre Bitte ablehne."

„Stimmt! Was kann ich Gutes für Sie tun, Herr Inspektor?"

„Erzählen Sie mir etwas über einen Juwelier namens Charles Mestorino."

„Charles Mestorino? Warum soll ich Ihnen zu diesem Windhund von Juwelier etwas sagen, Massu? Lesen Sie keine Zeitungen?"

„Hören Sie, Simenon, Sie benutzen Kommissar Guillaume und mich als Vorlage für Ihre Schundromane. Heute sind Sie mal an der Reihe, mir dafür etwas bieten. Ich will nicht lesen, ich will was hören!"

„Das ist natürlich ein Argument, wenngleich auch ein sehr Schwaches. Hat der ehrenwerte Monsieur Mestorino etwas ausgefressen, Massu?"

„Reine Routine, Simenon."

„Natürlich! Reine Routine... Von wegen, Massu! Wenn Sie mir gegenüber die reine Routine erwähnen, habe ich den nächsten Roman bereits in der Tasche. Mein Verleger kann sich bereits die Hände reiben."

„Schon gut, Simenon. Schweigen Sie mal stille. Ich habe Hunger und meine Frau wartet längst mit der Suppe auf mich."

„Schießen Sie los, Massu!"

„Was ist dieser Charles Mestorino für ein Mensch?"

„Lesen Sie wirklich keine Zeitung, Massu?".

„Zumindest nicht den *Le Matin*, Simenon.", antwortete Massu bissig.

„Tja, da entgeht Ihnen etwas. Also, Charles Mestorinos Familie stammt ursprünglich aus Italien. Sein Vater war Juwelier. Mestorino verließ nach Ausbruch des Krieges die Stadt, um in Italien zu dienen. Vor ein paar Jahren kehrte er nach Paris zurück, um reich zu werden."

„Das wollen alle.", seufzte Massu.

„Ja, Massu, aber nur die Wenigsten schaffen es. Charles Mestorino ist dieses Wunder jedoch gelungen. Er ist erst 33 Jahre alt, besitzt aber bereits eine Villa in La Varenne, ein großes Auto und Reitpferde."

„Schön für ihn."

„Ja, alles bei Charles Mestorino ist groß. Sogar er selbst ist recht groß und sein Selbstbewusstsein ist noch viel größer. Nur sein Hund ist klein. Mestorino könnte sich einen Stall von Dobermännern halten, aber er hat seiner Frau einen mickrigen Pekinesen gekauft."

„Einen Pekinesen?"

„Ja, so ein kleiner, zerknautschter Schoßhund für seine ebenso süße wie hübsche Frau Alice. Wussten Sie eigentlich, dass Charles Mestorino und seine Frau Alice auf ganz wunderbare Weise zusammengefunden haben, Massu?"

„Hilft mir dieses Wissen weiter?"

„Das müssen Sie entscheiden, Massu. Mir sagen Sie ja nicht, um was es Ihnen geht."

„Heben Sie sich den Tratsch für Ihre Schundromane auf."

„Sie sind ein verdammter Spielverderber, Massu.", schimpfte Simenon gespielt.

„In Gottes Namen, Simenon! Schießen Sie endlich los. Sie platzen sonst noch.", rief Massu ungehalten.

„Mestorino lernte seine bildhübsche Frau bei einer Tanzveranstaltung kennen. Sie verliebten sich ineinander. Dann kam der Krieg und Mestorino folgte dem Ruf seiner italienischen Heimat. Als er nach Paris zurückkehrte, war Alice mit einem reichen Brasilianer verheiratet."

„Wie tragisch! Haben Sie das geschrieben?"

„Hätte von mir sein können, Massu, ist es aber nicht… Eines Nachts, auf irgendeinem pompösen Ball in Paris, begegneten sich die Beiden nach Jahren der Trennung wieder. Die alte Liebe flammte erneut auf..."

„Doch Alice war leider anderweitig vergeben.", beendete Massu genervt den Satz.

„Ist es nicht schön, Massu? Und es wird noch schöner, denn wenige Zeit nach der Tanzveranstaltung verstarb der alte Brasilianer plötzlich und unerwartet und Alice war wieder frei. Nach dem obligatorischen Trauerjahr läuteten die Hochzeitsglocken. Das war's!"

„Das klingt wirklich sehr nach Ihren Schundromanen, Simenon. Woran starb der alte Brasilianer? Gab es polizeiliche Ermittlungen?"

„Wer ist hier der Polizist von uns und hätte die Akten unter Verschluss? Nein, es gab keine Ermittlungen. Es war das Herz. Ein Griff an die Brust und mit dem Brasilianer war es aus und vorbei. Dass der Kerl bei der jungen Frau überhaupt so lange gemacht hat, grenzt beinahe an ein Wunder."

„Ersparen Sie mir Ihren belgischen Humor. Erzählen Sie mir lieber wieder etwas über Mestorino und seine momentanen Geschäfte."

„Mestorinos Büro befindet sich im 2. Arrondissement in der sechsten Etage eines noblen Geschäftshauses in der Rue Saint-Augustin Nummer 29. Er hat dort fünf Zimmer gemietet und die Räume mit wertvollen Möbeln, Bildern und Skulpturen vollgestopft."

„Sie kennen sich verdammt gut aus, Simenon."

„Das haben wir gemeinsam, Massu. Das Auskennen ist unser Geschäft."

„Wie gehen Mestorinos Geschäfte?"

„Es könnte besser laufen. Charles Mestorino bekommt seit Jahren keine großen Aufträge mehr. Der Mann hat keinen besonders guten Ruf in der Diamantenbranche."

„Das ist schlecht, oder irre ich mich?"

„Das ist sogar sehr schlecht, Massu."

„Da könnte man als Juwelier durchaus auf den ein oder anderen dummen Gedanken kommen, oder?"

„Oh, ist da vielleicht doch eine Geschichte für mich drin?"

„Nein!"

„Sie haben Recht, Massu. Für die Diamantenbranche ist ein schlechter Ruf nahezu existenzvernichtend. Für die Zeitungsbranche ist Mestorinos Ruf dagegen existenzsichernd."

„Wie darf ich das verstehen, Simenon?"

„Mestorinos Ruf in der Diamantenbranche mag zwar deutlich angekratzt sein, aber das gemeine Volk lechzt nach windigen Gestalten. Charles Mestorino, seine schöne Frau Alice und ihr dusseliger Pekinese sind gut für die Klatschspalten des *Le Matin* und bald womöglich auch für einen Roman von mir."

„Meinetwegen können sie eines Tages sogar drei Romane über Charles Mestorino schreiben, solange ich nicht als Kommissar Maigret darin vorkomme."

„Die drei Romane mache ich ganz sicher, aber hoffen Sie besser nicht darauf, dass ich Sie aus den Büchern rauslasse, mein lieber Maigret. Kann ich sonst noch etwas für sie tun?

„Eine abschließende Frage hätte ich da noch: Warum ist Mestorinos Ruf in der Diamantenbranche so übel?"

„Mestorino zahlt nicht oft aber dafür ungern. Zudem lebt er auf großem Fuß und zwar vom

Geld anderer Menschen und vom Geld seiner Frau. Das mag man in der Branche nicht leiden, Massu."

„Das mag man in keiner Branche leiden. Danke, Simenon… Sie haben mir sehr geholfen. Sagen Sie, wie sind Sie in Ihren Romanen eigentlich auf den Namen Maigret gekommen?"

„Maigret? Den Mann gibt es wirklich. Das ist ein geschätzter Nachbar aus meinem Haus an der Place de Voges. Behalten Sie das aber für sich, Massu. Das ist ein Geheimnis zwischen uns und so soll es auch bleiben. Nicht mal mein Verleger weiß davon."

Massu legte lachend auf, nahm den Hörer aber sofort wieder auf.

„Verbinden Sie mich bitte mit Inspektor Chéron von der Straßenbrigade, Mademoiselle. Es geht um einen Vermisstenfall."

Kapitel 3

Zwei Tage später…
Mittwoch, 29. Februar 1928; 08:00 Uhr
Quai des Orfèvres Nummer 36; Île de la Cité

Der Eisregen klatschte unangenehm laut an das dünne Fensterglas von Massus Büro. Der Inspektor schüttelte sich angewidert und legte seine kalten Füße auf den Schreibtisch. Er lehnte sich in seinem Stuhl zurück und schaute zufrieden lächelnd zum Ofen, der bollernd in der Ecke seines kleinen Büros stand. Gerade als er sich genüsslich seine Pfeife stopfen wollte, klingelte das Telefon.

Massu nahm langsam die Füße vom Tisch, legte die Pfeife vorsichtig in einen Ständer auf dem Schreibtisch und griff verärgert zum Telefonhörer.

„Inspektor Massu am Apparat. Wer ist da?", knurrte er.

„Hier ist Leutnant Le Bretton von der Gendarmerie in Tournan, Herr Inspektor. Wir haben in einem Straßengraben bei Armainvilliers eine brennende Leiche gefunden. Vermutlich handelt es sich um einen Mann."

„Was haben wir mit Tournan zu schaffen, Leutnant?"

„Nun, die Straßenbrigade... Also, Inspektor Chéron von der Straßenbrigade hat uns gesagt, dass Sie nach einem vermissten Diamantenhändler suchen würden Und da dachten wir..."

„Was dachten Sie, Leutnant? Reden Sie Klartext, Mann!"

„Wir haben bei dem Toten eine kleine Diamantenwaage gefunden und da haben wir an Ihre Suchmeldung gedacht."

Massu setzte sich kerzengerade auf.

„Lassen Sie endlich hören, Leutnant!"

Leutnant Le Bretton gab dem Inspektor einen ausführlichen Bericht und Massu wurde von Minute zu Minute ungeduldiger. Er ließ den Leutnant jedoch ausreden.

„Danke, Leutnant, wir schicken so schnell wie möglich jemanden nach Armainvilliers raus."

„Sie sollten sich aber mit dem Kommen ein wenig beeilen, Herr Inspektor. Heute ist hier Markttag."

„Hören Sie, guter Mann, wir kommen so schnell wir können. Aber Armainvilliers lässt sich leider nicht mit der Métro erreichen, oder wurde die Linie 1 mittlerweile über die Porte de Vincennes hinaus verlängert?"

„Ähm, ich glaube nicht, Herr Inspektor.", sagte der Leutnant kleinlaut.

„Richtig, Leutnant. Und weil das bislang nicht geschehen ist, benötigen wir ein Auto und bei diesem Wetter werden wir wohl zudem ein wenig Zeit benötigen, um zu Ihnen raus zu kommen."

„Ich verstehe, Herr Inspektor. Was sollen wir in der Zwischenzeit unternehmen?", fragte der Leutnant vorsichtig.

„Sperren Sie einstweilen den Fundort und die Straße weiträumig ab. Ich mache Sie persönlich dafür verantwortlich, wenn mir irgendwelche Bauern oder einer Ihrer Männer oder Sie selbst wichtige Spuren zertrampeln."

„Aber wie sollen wir die Straße weiträumig absperren?"

„Haben sich die modernen Ermittlungsmethoden der Pariser Kriminalpolizei noch nicht bis zu Ihnen in die Provinz herumgesprochen, Leutnant?"

„Ich weiß nicht…"

„Lassen Sie um Gottes Willen niemanden näher als 100 Meter an den Fundort heran und rühren Sie nichts an!", schnaubte Massu aufgebracht in den Hörer.

„Sie verlangen von mir das Unmögliche, Herr Inspektor. Sie verlangen tatsächlich, dass ich die Verbindungsstraße zwischen Gretz-Armainvilliers und Ozoir-la-Ferrière sperre?"

„Ja, das verlange ich.", brummte Massu.

„Aber heute ist Markttag, Herr Inspektor."

„Das sagten Sie bereits und es ist mir völlig egal, Leutnant! Selbst wenn es sich bei der Straße zwischen Gretz-Armainvilliers und Ozoir-la-Ferrière um die einzige Verbindung zwischen Paris und dem Rest der Welt handeln sollte! Sie sperren diese elende Straße ab!"

„Es ist in der Tat die einzige Verbindung nach Paris und dem Rest der Welt, Herr Inspektor…"

Massu senkte den Hörer und starrte verstört auf die Muschel.

„Egal! Sie sperren die vermaledeite Straße gefälligst ab! Basta!"

„Wie Sie wünschen, Herr Inspektor, aber auf Ihre Verantwortung."

Massu wollte dem Leutnant noch eine passende Antwort geben, doch der Gendarm hatte bereits aufgelegt. Verärgert schmiss er den Hörer auf die Gabel.

Der Inspektor ärgerte sich nicht so sehr über den begriffsstutzigen Leutnant aus Tournan. Vielmehr versetzte ihn der Gedanke in Rage, bei diesem Mistwetter in Kürze an einen Tatort in einen Wald zu müssen.

Der Inspektor stand grummelnd auf und zog sich die klammen Schuhe und seinen tropfnassen Mantel an. Den triefenden Hut nahm er allerdings erst einmal nur in die Hand. Dann ging er zur Verbindungstür und klopfte nach kurzem Zögern an.

*

„Kommen Sie rein, Massu.", drang es gut gelaunt aus dem anderen Raum zu Massu herüber.

Massu öffnete die Tür und blickte in das geräumige Büro des Kommissars. Guillaume saß an seinem Schreibtisch und rauchte eine Zigarette. Massu trat vollständig ein und versuchte, die dichten Rauchschwaden vor seiner Nase zu verteilen, um den Kommissar besser sehen zu können.

„Was machen Sie da, Massu? Verscheuchen Sie die Fliegen oder stört Sie etwa der Rauch meiner ägyptischen Zigaretten? Wollen Sie auch eine?", fragte Guillaume grinsend.

„Nein, danke... Sind Sie schon länger im Büro, Chef?"

„Sie meinen wegen der dichten Rauchschwaden? Nein, ich bin erst seit einer halben Stunde hier. Das ist aber tatsächlich schon meine zehnte Zigarette. Die sind wirklich gut, Massu."

„Nun ja…"

„Was gibt es, Massu? Sie stehen hier fertig angezogen vor mir und tropfen mir den wertvollen Parkettfußboden nass. Wollen Sie bei diesem Mistwetter etwa das Haus verlassen?"

„Nein, das will ich eigentlich nicht, Chef. Ich werde es wohl aber müssen. Es sei denn, Sie schicken in ein paar Minuten Inspektor Gabrielli an meiner Stelle hinaus nach Armainvilliers."

„Was wollen Sie denn um Himmels Willen in diesem Provinznest?", fragte Guillaume erstaunt.

„Ich befürchte, dass dort soeben Gaston Truphème gefunden wurde, Chef."

Der Kommissar öffnete erstaunt den Mund, wobei ihm die Zigarette entglitt und ihm in den Schoß fiel.

„Verdammt! Die Zigarette! Aua! Was sagten Sie gerade? Gaston Truphème wurde gefunden? Was will der Kerl denn in der Provinz? Wo ist er abgestiegen?"

„Abgestiegen ist vielleicht nicht das richtige Wort, Chef. Abgelegt wäre wohl der passendere Ausdruck."

„Was?"

„Nun, Monsieur Truphème steckt in Schwierigkeiten. Er steckt sogar in ziemlich großen Schwierigkeiten, wenn ich das mal so sagen darf. Gaston Truphème ist nämlich tot!"

Der Kommissar starrte den Inspektor fassungslos an.

„Der Mann ist tot? Sie wollen mich auf den Arm nehmen, oder? Woher wissen Sie das, Massu?"

„Eben hat mich ein gewisser Leutnant Le Bretton aus Tournan angerufen, Chef. In einem Straßengraben in der Nähe von Armainvilliers hat man die Leiche eines Mannes gefunden. Bei dem Mann befand sich eine Diamantenwaage und da hat die Gendarmerie in Tournan aufgrund unserer Suchanzeige eins und eins zusammengezählt. *Et voilà*... Gaston Truphème ist wieder da!"

„Es mag sich bei der Leiche möglicherweise um Gaston Truphème handeln. Mit absoluter Sicherheit weiß man es noch nicht, oder?"

„Nein, Chef, aber es deutet im Augenblick vieles darauf hin."

„Tja, um das ganz genau herauszufinden, werden wir wohl in der Tat hinaus fahren müssen. Ich werde gleich Inspektor Gabrielli nach Armainvilliers schicken."

„Inspektor Gabrielli ist ein guter Mann.", sagte Massu erleichtert.

„Das weiß ich, Massu, sonst wäre er nicht bei der Kriminalbrigade. Sie sind aber noch besser! Daher trifft es sich ganz ausgezeichnet, dass Sie bereits angezogen sind. Sie werden Gabrielli begleiten und Sie werden vor Ort die Ermittlungen an meiner Stelle leiten."

„Ich bin begeistert…"

„Das freut mich, Massu. Schnappen Sie sich außerdem Février und Mougel und machen Sie sich sofort auf den Weg nach Armainvilliers.", sagte Guillaume bestimmt.

„Und was ist mit der Spurensicherung?"

„Ich schicke Ihnen Bastin vom Erkennungsdienst hinterher. Machen Sie bis zu seinem Eintreffen ein paar schöne Fotos mit Ihrer Kamera und suchen Sie nach Spuren, sofern nicht bereits alles zertrampelt wurde."

„Ich habe den Fundort weiträumig absperren lassen, Chef."

„Ich will ehrlich zu Ihnen sein, Massu. Ich weiß, was Sie gerade eben angeordnet haben. Ich konnte Ihre gebrüllte Anweisung bis in mein Büro hören."

„Oh, ich…"

Der Kommissar winkte ab.

„Schon gut, Massu. Wenn Sie mit der Spurensuche fertig sind, schicken Sie den Leichnam bitte sofort nach Tournan ins Krankenhaus. Haben Sie mich verstanden?"

„Ja, ich… Ich soll die Leiche nach Tournan schicken? Soll sich denn nicht Doktor Paul von der Gerichtsmedizin um die Autopsie kümmern?", fragte Massu erstaunt, da er es gewohnt war, dass sich der berühmte Gerichtsmediziner der Police Judiciaire in den Räumen des *Institut Médico-légal* am Place Mazas um eine Obduktion kümmerte.

„Doch, der soll sich den Toten selbstverständlich anschauen. Doktor Paul wird sich natürlich darum kümmern, Massu."

„Aber die Gerichtsmedizin ist doch hier in Paris, Chef, und nicht in Tournan."

„Das weiß ich auch, Massu. Doktor Paul wird die Obduktion aber nicht erst heute Abend in Paris machen, sondern noch heute Mittag vor Ort in Tournan."

„Und wie soll das gehen?"

„Ganz einfach, Massu. Doktor Paul wird mit Bastin vom Erkennungsdienst zu Ihnen rausfahren. Er wird sich bereits vor Ort einen Überblick verschaffen und dann so schnell wie möglich mit der Autopsie beginnen. Das ist eine Anweisung von ganz oben.", sagte Guillaume streng und wies mit dem rechten Zeigefinger theatralisch zur Raumdecke.

„Von Gott?", fragte Massu ironisch.

„Nicht ganz, Massu, aber Sie sind schon ziemlich dicht dran. Nein, Direktor Benoist wünscht, dass bei der Spurensuche zukünftig keine Zeit mehr mit sinnlosen Leichentransporten verloren geht. Er will, dass sich der Gerichtsmediziner bereits am

Fundort einer Leiche ein Bild von der Situation macht."

„Ich verstehe, Chef. Das ist sehr fortschrittlich."

„Ja, das ist es wohl."

„Und Sie bleiben hier, Chef? Sie lassen sich diese Premiere entgehen?"

„Ja, Massu. Ich habe hier noch einiges zu erledigen. Sie machen das schon."

„Wer weiß, wie lange ich es danach noch mache, Chef", murmelte Massu betreten.

„Sie werden es überleben, Massu.", lachte Guillaume. „Ich werde dafür morgen Nachmittag in den Wald fahren und dort den üblichen Presserummel über mich ergehen lassen, Massu."

„Ja, immer diese schlimmen Pressefotos…"

„Es ist kein Vergnügen, der berühmte Kommissar zu sein, Massu. Eines Tages werden Sie mich verstehen."

„Wenn Sie das sagen, Chef."

„Ja, das sage ich, Massu… Heute bleibe ich besser in Paris, um mich auf den morgigen Termin vorzubereiten. Außerdem suche ich nachher lieber mal Truphèmes Chefin auf, um ihr die traurige Nachricht persönlich zu überbringen. Das wird ganz sicher auch kein Vergnügen."

„Aber eine erheblich trockenere Angelegenheit, Chef.", fügte Massu hinzu.

„Das ist wohl wahr, Massu… Haben Sie noch Fragen, bevor Sie sich auf den Weg machen?"

„Ja, Chef. Wie Sie sagten, wissen wir noch gar nicht sicher, ob es sich bei dem Toten tatsächlich um Gaston Truphème handelt. Ist da ein Besuch bei Madame Van Severen nicht ein wenig voreilig?"

„Was sagt Ihnen Ihr Bauchgefühl, Massu?"

„Es ist Gaston Truphème, Chef."

„Ich vertraue Ihrem Bauchgefühl, Massu. Gaston Truphème hat sich wohl doch nicht einfach nur aus dem Staub gemacht. Er ist vielmehr zu Staub geworden."

„Ja, Asche zu Asche und Staub zu Staub.", sagte Massu und drehte sich um. Er schlurfte missmutig zur Ausgangstür. Im Türrahmen rief Guillaume ihn noch einmal zurück.

„Ach, Massu, bitte heben Sie um Gottes Willen die weiträumige Sperrung der Straße so schnell wie möglich wieder auf. Heute ist dort draußen wirklich Markttag. Und wenn die Bauern aus der Umgebung nicht nach Tournan gelangen, weil wir ihnen die Zufahrt dahin versperren, werfen Sie uns vor dem Pariser Rathaus ihr vergammeltes Gemüse vor die Füße und verlangen horrenden Schadenersatz für den Plunder..."

Kapitel 4

Mittwoch, 29. Februar 1928; 10:20 Uhr
Landstraße zwischen Gretz-Armainvilliers
und Ozoir-la-Ferrière

Als Massu, der 35 jährige Inspektor Maurice Gabrielli – der eine bauchige, braune Ledertasche in der Hand hielt –, der 32 jährige Inspektor Jean Février und der 28 jährige Brigadier Bruno Mougel am Fundort der Leiche im Wald von Armainvilliers eintrafen, mischten sich unter die dicken Regentropfen erste Schneeflocken.

Massu öffnete die Beifahrertür und stieg aus. Nach einem herzhaften Fluch zündete er sich neben dem Wagen seine Pfeife an und schaute sich danach missmutig um.

Überall standen Menschen herum. Immer wieder tuckerten Lieferwagen mit gackernden Gänsen und grunzenden Schweinen an ihm vorbei. Von einer weiträumigen Absperrung war weit und breit nichts zu sehen.

Lediglich den Fundort der Leiche umringten eine Handvoll frierender Gendarmen, die allesamt rauchten und bei ihren Aufwärmübungen die Böschung zertrampelten. Massu schüttelte wütend den Kopf.

„Gehen wir, Jungs.", sagte er mürrisch zu seinen Kollegen.

Die vier Männer bahnten sich ihren Weg durch die Menschenmassen hindurch zum Straßengraben. Massu hielt dabei zielstrebig auf einen großen Gendarmen zu, den er für den Vorgesetzten der bibbernden Truppe hielt. Der Mann drehte ihm den Rücken zu. Massu räusperte sich und der Gendarm drehte sich um. Vor Massu stand sein alter Freund, der 42 jährige Hauptmann Jacques Maufort.

„Georges! Du hier?", rief Maufort erfreut und breitete seine affenartigen Arme aus.

„Salut, Jacques. Wo steckt Leutnant Le Bretton? Arbeitet der Mann für dich?", fragte Massu barsch.

Hauptmann Maufort ließ die Arme sinken. Seine Miene verfinsterte sich schlagartig.

„Was soll das, Georges? Und übrigens guten Tag, die Herren Kollegen aus Paris.", sagte er wirsch.

Gabrielli, Février und Mougel nickten dem Mann wortlos zu. Sie verstanden nicht so recht, was hier vorging.

„Also, wo steckt Leutnant Le Bretton, Jacques?"

„Der hat sich vorhin zum Innendienst gemeldet. Ist wohl noch mit einigen Protokollen im Rückstand."

„Dein Mann ist auch mit der weiträumigen Absperrung im Rückstand oder wie nennst du diesen erbärmlichen Zustand hier?"

„Du musst das verstehen, Georges. Heute ist Markttag. Willst du einen Aufstand unter den Bauern auslösen?"

„Das höre ich heute nicht zum ersten Mal. Wir haben hier aber eine Leiche, mein Lieber. Und ich möchte gleich nach ein paar verwertbaren Spuren suchen. Mir ist euer Markttag daher im Grunde vollkommen gleichgültig."

„Ach, Goerges, euch Jungs aus Paris ist immer alles egal. Weißt du, was mir egal ist? Mir ist egal, dass euch Parisern alles egal ist! Ich habe hier nämlich jeden Tag mit den Bauern aus der Umgebung zu tun. Und wir arbeiten hier draußen mit der Bevölkerung erfolgreich Hand in Hand."

„Hm...", brummte Massu. „Trotzdem, Jacques."

„Du bist immer noch der gleiche dienstbeflissene Flic. Wie damals bei unserer Ausbildung. Leitest du hier die Ermittlungen, Georges?"

„Ja, ich vertrete den Kommissar."

„Das freut mich, Georges... Übrigens, es ist wirklich schön, dich zu sehen.", sagte Maufort freundlich und breitete erneut seine Arme aus.

Massu verzog sein Gesicht zu einem gequälten Lächeln. Er ging auf seinen alten Freund zu und umarmte ihn herzlich.

„Schön, dich zu sehen, Jacques… Also, was hast du hier für uns?"

Maufort klopfte Massu freundschaftlich auf den Rücken.

„Schaut es euch selbst an, Männer. Euch Schreibtischflics aus der *Boîte* erwartet aber kein schöner Anblick. Das sage ich euch gleich."

„Wir sind üble Anblicke gewohnt, mein Freund. Erst heute Morgen ist mir der Direktor in einem Anzug aus dem vorigen Jahrhundert über den Weg gelaufen."

„Ja, der alte Benoist gewinnt in diesem Leben keinen Schönheitspreis mehr. Ich hoffe, du hast noch nicht gefrühstückt, oder etwa doch?"

„Ich war heute Morgen in der *Brasserie Dauphine.*"

„Du warst in unserer alten Brasserie in der Rue de Harlay?"

„Ja, aber der Laden ist nicht mehr das, was er früher einmal war. Er ist jetzt mit einem modernen Zinkthresen ausgestattet.", sagte Massu entrüstet.

„Alle Wetter! Wo man auch hinkommt, überall neumodischer Kram. Wie bei der Polizei. Das gilt auch für die Anweisungen der Police Judiciare, mein lieber Georges."

„Das habe ich überhört, alter Freund... Ich hatte dort einen Milchkaffee und ein Croissant. Falls es mir also gleich hochkommen sollte, weiß ich wenigstens was ich herauswürge."

„Verschonen Sie uns mit Ihrem unappetitlichen Humor, Massu! Können wir endlich loslegen? Ich werde mit jeder Minute, die ich hier draußen bin, nicht unbedingt gesünder.", mischte sich Gabrielli ein.

Massu hob entschuldigend die Hände, während Maufort noch lauter lachte.

„Bevor ich es vergesse. Die vier Männer, die heute Morgen den grausigen Fund gemacht haben, stehen dort hinten und warten auf euch. So, und jetzt folgt mir unauffällig, Jungs."

„Macht euch auf die Socken und stellt den Männern viele Fragen. Ich brauche jede Kleinigkeit.", sagte Massu zu Février und Mougel.

Février und Mougel nickten wortlos und liefen sofort los. Maufort, Gabrielli und Massu gingen hingegen ein paar Schritte weiter zum Fundort der Leiche.

Als sie den Fundort der Leiche erreichten, trat Massu vorsichtig an den Rand des Grabens. Er blickte in die Tiefe und zog hörbar die Luft ein.

„Heiliges Kanonenrohr! Das wird in der Tat kein Spaß, Jacques.", sagte er entsetzt.

Gabrielli trat neben Massu. Er schluckte schwer und reichte Massu wortlos seine große Ledertasche. Dabei machte er eine einladende Geste.

„Sie leiten hier die Ermittlungen, Massu. Das ist also eindeutig Ihr Toter. Viel Spaß bei der Spurensuche. Ich mache die Fotos."

„Geben Sie schon her!", blaffte Massu und schob ein durchaus ernst gemeintes „Weichei!" hinterher.

Massu öffnete die große Tasche. Zum Vorschein kamen zwei Paar Gummihandschuhe, eine Pinzette, Beweistaschen, eine Lupe, ein Kompass, sowie ein Lineal und ein Tupfer. Zudem förderte Massu einen kompakten Fotoapparat zu Tage, den er sofort an Gabrielli weiterreichte.

„Meine Güte! Das ganze Zeug schleppt ihr Jungs immer mit euch rum? Das wiegt doch gut und gerne drei oder vier Kilogramm, oder nicht?", fragte Maufort und schnalzte mit der Zunge."

„Die Tasche wiegt sogar zehn Kilogramm, mein Lieber. Die Dinger haben wir übrigens Benoists Vorgänger zu verdanken."

„Dem alten Lacambre? Louis Ernest Lacambre? Dem Knauser?", fragte Maufort erstaunt.

„Ja, das war eine Idee von Lacambre. Die Tasche hat er vor vier Jahren dem Scotland Yard in London abgeschaut."

„Habt ihr euch über das schwere Ding nicht beschwert?"

„Doch, das haben wir."

„Und?"

„Wenn Sie demnächst auf das Rauchen verzichten, meine Herren, haben Sie mehr Kraft zum Tragen wichtiger Polizeiutensilien.", ahmte Massu die schnarrende Stimme des alten Direktors nach.

Maufort lachte laut und Massu klopfte grinsend seine Pfeife am Straßenrand aus. Dann entnahm er der Tasche ein Paar Gummihandschuhe und zog sie sich an.

„Dann mal frisch ans Werk! Jetzt wird's unschön."

Kapitel 5

Mittwoch, 29. Februar 1928; 10:45 Uhr
Landstraße zwischen Gretz-Armainvilliers
und Ozoir-la-Ferrière

Massu beugte sich zum Opfer hinab. Der schlimme Anblick brachte seinen Magen in Wallung. Er stieß sauer auf, als ihm der Geruch verbrannten Fleisches in die Nase stieg.

„Das ist ja fürchterlich! Schreiben Sie mit, Gabrielli.", zischte er dem Inspektor zu.

„Aber, ich mache doch schon die Fotos. Kann das Schreiben nicht Février oder Mougel übernehmen?", antwortete Gabrielli abwehrend.

„Nein! Sie können durchaus knipsen und schreiben. Holen Sie endlich Ihren Block aus der Tasche, Gabrielli."

Gabrielli brummte ungehalten und kramte in den weitläufigen Taschen seines Regenmantels nach seinem Schreibblock.

„Aber nicht so schnell, Massu."

„Ich werde für Sie extra langsam diktieren."

„So, jetzt!"

„Die männliche Leiche liegt auf dem Rücken. Sie ist völlig verbogen und von einer dicken Kruste schwarzer Asche umgeben. Die Leiche wirkt wie mumifiziert. Haben Sie das?"

Gabrielli schaute angestrengt auf seinen Notiz-block.

„... von einer dicken Kruste... Soll ich das wirklich schreiben?"

„Ja, sicher!"

„Sind Sie sich sicher, dass es sich um eine männlichen Leiche handelt, Massu? Von hier oben aus gesehen, kann das da vor Ihnen alles Mögliche sein. Sogar ein Baumstamm."

„Gabrielli! Sie sollen schreiben und nicht denken! Machen Sie endlich Fotos!", knurrte Massu.

„Schon gut, Sie Sklaventreiber!"

Massu stand auf und trat beiseite. Gabrielli machte mit der schweren Kamera umständlich ein Foto von der Leiche.

„Sehen Sie das, Massu? Der Tote streckt seine Knie irgendwie völlig unnatürlich in die Luft. Die Arme sind über den Kopf erhoben. Für mich sieht das aus, als würde der arme Kerl beten."

„Das täuscht, Gabrielli. Das war die Hitze des Feuers. Schreiben Sie wieder mit: Sämtliche Glieder sind gebogen und geschwärzt und an vielen Stellen ist die Haut geplatzt. Die Hände sind fast vollständig verbrannt."

Gabrielli zog deutlich hörbar die Luft ein, doch Massu diktierte unerbittlich weiter.

„An einigen Stellen ist der Stoff der Kleidung noch intakt."

Massu hob vorsichtig ein paar Kleidungsstücke an. Unter den angehobenen Kleidungsfetzen kamen eine glatte Haut und starke Muskeln zum Vorschein.

„Der Tote war zum Zeitpunkt seines Todes noch recht jung."

„Das trifft auch auf den vermissten Gaston Truphème zu, oder?"

„Ja, leider."

Gabrielli machte erneut ein Foto und kam danach noch einmal auf die unnatürliche Haltung des Opfers zu sprechen.

„Und wenn es nun doch nicht die Hitze allein war, Massu? Könnte es nicht vielleicht doch eher eine Abwehrhaltung sein?"

„Nein, dieser Schein trügt sehr oft. Es war mit Sicherheit nur die Hitze. Näheres zur Todesursache werden wir jedoch erst durch die Obduktion erfahren."

Gabrielli nickte und schoss wieder ein Foto. Massu wandte sich danach dem Gesicht des Toten zu.

„Dann wollen wir dem Tod mal ins Angesicht schauen.", seufzte er.

Massu drehte den Kopf der Leiche auf die rechte Seite. Währenddessen schickte sich sein Frühstück an, zurück in die Freiheit zu wollen. Er atmete tief ein und als er die Untersuchung fortsetzen wollte, trat Février an den Graben.

„Oh, das sieht nicht gut aus, Massu. Dem armen Kerl wird doch wohl nichts passiert sein, oder?"

Massu richtete sich abrupt auf und schaute Février streng an.

„Lass' deine Sprüche, Février! Für dumme Sprüche und derben Humor bin heute allenfalls ich hier zuständig.", schnaubte er aufgebracht.

„Pardon, ich wollte nicht...", stotterte Février verstört.

„Arbeite lieber richtig mit und betrachte mal die linke Wange des Toten. Für was hältst du das?"

Février kniete sich hin und starrte angestrengt auf das Gesicht der Leiche im Graben.

„Das sieht nach Watte aus. Das ist seltsam, oder?", sagte er nach kurzem Zögern.

„Ja, das ist Watte und das ist seltsam. Das Zeug befindet sich nämlich überall am Kopf des Toten und selbst der Mund ist davon bedeckt."

„Was bedeutet das? Haben Sie eine Ahnung, Massu?", fragte Gabrielli.

„Nein.", brummte Massu.

„Wie sieht es unter der Watte aus?", fragte Février vorsichtig.

Massu hob das Stück Watte leicht an. Dort, wo sich eigentlich der Mund hätte befinden müssen, sah er nur ein schwarzes Loch.

„Mein Gott! Der Tote hat keine Lippen und kein Kinn mehr."

„Das ist ja grauenhaft!", rief Gabrielli entsetzt.

„Das sieht aber nun wirklich nicht gut aus… Verdammte Schweinerei!", fluchte Février.

Massu ließ Février diesmal gewähren. Er gab Gabrielli ein Zeichen, ein weiteres Fotos zu machen. Als dieser damit fertig war, schaute er Massu fragend an.

„Was ist eigentlich mit den Haaren los?"

„Was soll mit den Haaren los sein? Was hat meine Frisur, mit dem Toten zu tun? Es regnet!"

„Ich meine nicht Ihre Haare, Massu. Ich meine die Haare des Toten. Die sind doch verklebt, oder etwa nicht?"

„Oh… Ja, die Haare des Toten sind verklebt. Sie sind nass, weil es regnet und vermutlich befindet sich auch Blut daran. Da war vermutlich stumpfe Gewalt im Spiel."

„Soll ich das aufschreiben?", fragte Gabrielli scheinheilig.

„Doktor Paul vierteilt mich für eine solche Bemerkung. Wir sollen keine Vermutungen anstellen, bis er uns ein Untersuchungsergebnis vorlegt. Das habe ich außerhalb des Protokolls gesagt.", antwortete Massu schnell.

Massu veränderte seine Position über dem Toten. Er stemmte seine Füße in die schrägen Wände des Grabens und drehte den Toten auf den Bauch. Unter dem Leichnam erkannte er halb verbrannte Reste eines blauen und grünen Stoffs mit weißen Streifen.

„Schreiben Sie: Der Rücken des Toten ist nahezu unversehrt. Es sind keinerlei äußere Verletzungen festzustellen… Machen Sie noch ein paar Fotos und dann ist gut."

Gabrielli knipste noch ein letztes Foto und winkte dann angewidert ab. Massu stieg aus dem Graben und schüttelte sich.

„Ich bin klatschnass und völlig durchgefroren. Schöner Mist!", knurrte er.

Massu zog die Gummihandschuhe aus und klatschte sie wütend in die Einsatztasche. Mit klammen Fingern fummelte er seine Pfeife aus der Manteltasche, stopfte sie umständlich und zündete sie an. Er schaute auf die Uhr und drehte sich zu Février um, der rauchend hinter ihm stand.

„Es ist jetzt zwölf Uhr. Unser Toter liegt vermutlich seit Stunden in diesem Graben. Die Spuren in der Umgebung, sofern noch welche auffindbar sind, könnte man also durchaus noch als frisch bezeichnen. Wir sollten rund um den Fundort alles absuchen, oder was denkst du?"

„Was heißt hier wir, Massu?"

„Einer von uns und ich bin es nicht! Ich habe gerade in einem nassen Graben gehockt, habe kalte Füße, bin tropfnass und bekomme langsam Hunger. Das ist eine ungesunde Mischung. Entweder du oder Mougel... Einer von euch macht sich jetzt schleunigst an die Arbeit, oder ich werde ungemütlich.", schnaubte Massu aufgebracht.

Mougel hörte Massus laute Stimme. Er stellte sich neben Février und stemmte die Fäuste in die Hüften.

„Wenn Sie Hunger haben, lassen Sie sich von Hauptmann Maufort ein paar Sandwiches bringen.

Aber lassen Sie Ihren Ärger nicht an uns aus, Massu."

Massu hob die Hände in Schulterhöhe.

„Ich bitte vielmals um Entschuldigung, Jungs. Ich habe wirklich Hunger und mir tut der Rücken weh. Der Mist muss nun mal gemacht werden. Würdet Ihr das für mich tun?"

„Schon vergeben und vergessen, Massu.", sagte Mougel schnell. „Was sollen wir tun?"

„Ihr dreht im Umkreis von zweihundert Metern jeden verdammten Stein um. Und auf einer Länge von zwei Kilometern sucht ihr den Graben in jede Richtung nach Waffen und sonstigen Spuren ab. Ich mache mit Gabrielli in der Zwischenzeit noch ein paar Fotos von der Umgebung."

„Zwei Kilometer? Wirklich?", fragte Mougel entsetzt.

„Ja, und heute Abend gebe ich euch einen aus, Mougel."

„Dann geht das in Ordnung, Chef", sagte Mougel grinsend und machte sich mit Février unverzüglich auf und davon.

„Verschwindet!", rief Massu den Beiden lachend hinterher. Plötzlich musste er kräftig niesen.

„Gesundheit, Massu!", sagte Gabrilli und Massu konnte die Schadenfreude förmlich spüren.

„Wenn's man so wäre, Gabrielli. Ihr Wort in Gottes Gehörgang... Also in diesem Fall in Kommissar Guillaumes Gehörgang."

Kapitel 6

Mittwoch, 29. Februar 1928; 12:30 Uhr
Landstraße zwischen Gretz-Armainvilliers
und Ozoir-la-Ferrière

Ein schmächtiger Junge trat an die Absperrung heran und bat einen Gendarmen darum, zum leitenden Beamten durchgelassen zu werden. Massu bemerkte es und winkte den Jungen sofort zu sich.

„Wie heißt du, mein Kleiner?", fragte Massu den Jungen freundlich.

„Ich heiße Lucien Heuillard, Monsieur."

„Wie alt bist du?"

„Ich bin 15 Jahre alt", sagte der Junge schüchtern.

„Was hast du mir zu sagen, Lucien?"

„Ich arbeite in der Schlachterei von Monsieur Bailly in Chevry-Cossigny."

„Interessant.", sagte Massu, den Erinnerungen an seine eigene Lehrzeit in der Rue des Capucines überkamen. „Und wo ist das?"

Lucien Heuillard zeigte in Richtung Norden.

„Etwa zwei Kilometer von hier entfernt, Monsieur."

„Das ist nicht weit von hier. Was hast du für mich, Lucien?"

„Also, ich wohne in Gretz-Armainvilliers in der Rue du Docteur Hutinel. Auf dem Weg zur Arbeit habe ich heute Morgen gegen halb fünf ein Auto gesehen, Monsieur. Ich war mit dem Fahrrad unterwegs."

„Ein Auto?"

„Ja, der Fahrer hielt kurz an, und warf etwas aus dem Wagenfenster."

„Was genau warf der Mann aus dem Fenster, Lucien?", fragte Massu interessiert.

„Für mich sah es aus, als wären es Kanister gewesen."

„Du vermutest es nur? Hast du dir nicht angeschaut, was es war?"

„Nein, Monsieur. Ich war schon spät dran. Das war bereits das dritte Mal diese Woche und mein Meister...", sagte der Junge verlegen

„Schon gut, Lucien. Was tat der Mann, nachdem er die Sachen aus dem Auto geworfen hatte?"

„Der Mann gab Gas und fuhr davon."

„Das sind gute Neuigkeiten für uns, Lucien. Bislang hat nämlich niemand etwas gesehen oder gehört. Wie sah der Mann aus? Kannst du ihn mir beschreiben?"

„Ich weiß leider nicht genau, wie der Mann im Wagen aussah. Es war noch dunkel und..."

„Und?"

„Im Wagen war nur wenig Licht an. Der Mann hatte vielleicht braune Haare. Er hatte auf jeden Fall einen langen Schnurrbart, und er war sehr elegant angezogen. Das habe ich gesehen… So gehe ich nur sonntags aus dem Haus, Monsieur."

„Was hatte der Mann genau an? Kannst du dich daran erinnern?"

„Ich kann mich nur an eine schwarze Weste erinnern, Monsieur."

„Eine schwarze Weste… War der Mann allein im Wagen, Lucien?"

„Ich glaube, er war allein."

„Wie sah das Auto aus, Lucien?"

„Das war ein sehr schönes Auto mit einem verchromten Kühlergrill und vier Sitzplätzen, Monsieur."

„Einen solchen Wagen haben die vier Männer, die den Toten gefunden haben, auch gesehen."

„Dann hilft Ihnen meine Aussage, Monsieur?"

„Tja, leider gibt es in Paris und Umgebung sehr viele Wagen von dieser Sorte. Ich brauche mehr Details, Lucien. Kannst du dich an etwas Besonderes erinnern?"

„Nein, Monsieur, leider nicht… Oder Doch! Der Wagen war gelb!"

„Der ganze Wagen war gelb? Gelb wie ein Kanarienvogel, Lucien?"

„Nein, eher so gelb wie ein guter Milchkaffee, Monsieur."

„Gelb wie ein guter Milchkaffee… Was weißt du noch? Hast du die Marke erkannt oder vielleicht sogar das Nummernschild?"

„Ich kenne mich mit Autos nicht so gut aus. Ich bin nur ein einfacher Schlachterlehrling, Monsieur.", sagte Lucien traurig.

„Das macht gar nichts, Lucien. Du hast mir bereits sehr geholfen. Du kannst wieder gehen. Danke, mein Junge."

Massu sah dem Jungen nachdenklich hinterher. In der Ferne kamen langsam zwei Lichter auf den Tatort zu.

„Ah, Doktor Paul und der kleine Bastin vom Erkennungsdienst kommen auch schon.", sagte er zu sich selbst.

Massu musste erneut heftig niesen.

„Verdammter Mist! Das hier nehme ich Ihnen übel, Monsieur Mestorino. Morgen werden Sie mich kennenlernen!", brummte Massu und fügte hinzu. „Auch wenn Sie es vielleicht nicht waren..."

Kapitel 7

Donnerstag, 01. März 1928; 14:00 Uhr
Rue Saint-Augustin Nummer 29;
2. Arrondissement

Massu schaute sich den 33 jährigen Juwelier Charles Mestorino im dämmrigen Licht genau an. Beide Männer standen sich im schmalen Hausflur von Mestorinos Geschäftsräumen gegenüber.

Charles Mestorino war muskulös gebaut, hatte durchdringende, schwarze Augen, leicht ergraute Haare und ein markantes, römisches Profil. Die Stimme des Mannes besaß eine warme Klangfarbe.

Der Juwelier wirkte auf Massu auf den ersten Blick wie ein gut aussehender und sympathischer Mann und dennoch umgab ihn eine seltsame Aura. Massu wusste nicht genau, was ihn an dem Juwelier störte, aber irgendetwas machte ihn vom ersten Augenblick an misstrauisch.

„Guten Tag, Herr Kommissar. Leider habe ich in meinem Büro die Handwerker. Ich kann Sie unmöglich dort hineinbitten.", sagte Mestorino freundlich. „Wir müssen daher mit dem Flur vorlieb nehmen."

„Das macht nichts, Monsieur Mestorino. Ich wollte ohnehin nicht lange bleiben."

„Wie war Ihr Name doch gleich?", fragte Mestorino.

„Massu... Ich bin Inspektor Massu von der mobilen Kriminalbrigade. Ich bin kein Kommissar.", erwiderte Massu.

„Ah, Inspektor Massu also… Was führt Sie zu mir? Geht es um Gaston Truphème? Eine wirklich schlimme Sache. Er wird noch immer vermisst, oder ist er der Tote, den Sie im Wald von Armainvilliers gefunden haben?"

„Woher wissen Sie davon, Monsieur Mestorino?"

„Die Morgenausgabe des *Le Matin* schrieb darüber… Gestern wurde dort ein grausiger Fund gemacht… Zuvor hatte mich am Dienstag Madame Van Severen angerufen. Sie machte sich große Sorgen um Monsieur Truphème. Sie ging davon aus, dass er ermordet wurde. Ich habe eins und eins zusammengezählt… Das ist schrecklich!"

„Ja, das ist schrecklich... Wir wissen aber noch nicht, wer der Tote ist, Monsieur Mestorino. Und genau aus diesem Grund bin ich hier. Ich bin nämlich mit den Ermittlungen in diesem Fall beauftragt. Ich war gerade im Viertel und da dachte ich an Sie. Wann haben Sie Monsieur Truphème das letzte Mal gesehen?"

„Sie bringen mich mit dem Verschwinden von Monsieur Truphème in Verbindung?"

„Nein, aber ich muss meine Aufgaben sorgfältig erledigen… So wie Sie Ihre als erfolgreicher Juwelier."

„Monsieur Truphème war am Montag bei mir. Ich habe ihn gegen 11 Uhr zum letzten Mal gesehen. Vielleicht auch ein wenig früher.", antwortete Mestorino nach einem kurzen Zögern

„Also, am 27. Februar?"

„Ja."

„Um 11 Uhr?", wiederholte Massu und zückte seinen Notizblock.

„Eher gegen 10 Uhr."

„10 Uhr also… Was war der Grund für den Besuch, wenn ich fragen darf?"

„Sie dürfen fragen, Herr Inspektor. Monsieur Truphème hatte wieder einmal schöne Steine dabei. Er hat sie mir gezeigt. Ich habe ihm diesmal allerdings keine Steine abgekauft. Monsieur Truphème war darüber sichtlich enttäuscht, aber so ist das nun einmal."

„Ja, so ist das nun einmal... Wann ist Monsieur Truphème gegangen?"

„Gaston… äh, Monsieur Truphème… war nicht lange bei mir. Er ist bereits nach einer halben Stunde wieder gegangen. Danach habe ich ihn nicht mehr gesehen."

„Wissen Sie, zu wem er nach dem Besuch bei Ihnen wollte? Ich frage Sie das, weil wir jeder Spur nachgehen müssen."

„Ich weiß leider nicht, was Gaston am Montag geplant hatte, Herr Kommissar... Pardon, Herr

Inspektor. Ich kenne seinen Terminkalender nicht."

„Das wäre auch zu einfach gewesen, Monsieur Mestorino."

„Es tut mir leid, Herr Inspektor… Haben Sie noch weitere Fragen an mich?", fragte Mestorino und blickte in einer typischen Art und Weise auf seine Armbanduhr, wie alle vermeintlich wichtigen Menschen es von Zeit zu Zeit zu tun pflegten. Massu blickte demonstrativ ebenfalls auf seine Armbanduhr.

„Nein ich habe keine weiteren Fragen, Monsieur Mestorino. Sie haben mir sehr geholfen.", sagte Massu betont höflich.

„Keine Ursache, Herr Inspektor. Zögern Sie bitte nicht, mich zu kontaktieren, wenn Sie weitere Fragen haben. Wenn Sie mich dann bitte entschuldigen wollen. Die Geschäfte…"

„Ja, die Geschäfte… Seien Sie unbesorgt, Monsieur, ich werde Sie ganz sicher wieder beehren.", murmelte Massu.

„Wie bitte?"

„Auf Wiedersehen, Monsieur Mestorino. Ich finde den Weg hinaus.", sagte Massu und ließ den Juwelier stehen.

Kapitel 8

Freitag, 02. März 1928; 10:00 Uhr
Institut médico-légal am Place Mazas;
12. Arrondissement

Massu ging den drei Kilometer langen Weg vom Quai des Orfèvres zum *Institut médico-légal* stets zu Fuß. Der Weg führte ihn über die Île Saint-Louis und dann weiter am rechten Seineufer entlang bis zum Place Mazas.

Diese Strecke gefiel ihm sehr und heute war dieser Spaziergang eine ganz besondere Freude für ihn. Das Wetter war die reinste Pracht. Die Luft war warm und vibrierte und die Sonne schien von einem blankgeputzten, blauen Himmel. Massu mischte sich unter die Touristen, die die Brücken und Quais in Scharen bevölkerten.

Nach einer halben Stunde betrat Massu erfrischt das düstere Gebäude der Gerichtsmedizin durch den Haupteingang. Er wies sich beim Concierge aus und ging auf direktem Weg in den Keller zum 48 jährigen Gerichtsmediziner Doktor Charles Paul.

„Was machen Sie hier, Massu? Warum rufen Sie mich nicht an? Wollen Sie, dass ich mich bei Ihnen

anstecke und mir hier unten den Tod hole?",
schnaubte Doktor Paul aufgebracht.

„Netter Scherz, Doktor. Die paar Schritte an der
frischen Luft tun mir gut.", entgegnete Massu lachend.

„Das war kein Scherz, Massu. Sie sollten sich
besser ins Bett legen. Wenn Sie nicht wollen, dass
wir uns in den nächsten Tagen auf meinem Sezier-
tisch wiedersehen, sollten Sie schleunigst ein hei-
ßes Bad nehmen."

„Sie sagten vorgestern aber auch, dass ich mich
heute um 10 Uhr bei Ihnen melden solle."

„Ja, zum Teufel aber auch! Ich sagte gegen 10
Uhr. Ich sagte nicht um exakt 10 Uhr und ich sagte
auch nicht, dass Sie mich hier persönlich aufsu-
chen sollen. Ihr Jungs von der Kriminalbrigade
macht mich noch wahnsinnig mit eurer Genauig-
keit. Was wollen Sie eigentlich von mir, Massu?"

„Ich... Aber... Der Fall Truphème, Doktor Paul.",
stotterte Massu verwirrt.

„Richtig, der Fall Truphème... Gut, dass Sie da
sind, Massu. Der Fall stinkt mir nämlich. Er stinkt
mir im wahrsten Sinne des Wortes! Ich hätte den
Toten besser in Tournan lassen sollen. Ihre Leiche
aus dem Wald stinkt wie ein verbranntes Steak aus
dem *Deux Magots*."

„Wieso handelt es sich bei Monsieur Truphème
überhaupt um meine Leiche, Doktor?"

„Sie sind der leitende Ermittler, Massu und somit
ist das auch Ihre Leiche."

„Ich war nur am Mittwoch der leitende Ermittler. Heute ist Freitag."

„Im Grunde ist es mir völlig egal, wer von euch Jungs mir den gegrillten Toten eingebrockt hat und wer die Ermittlungen leitet. Mir verdirbt der Kerl auf alle Fälle die gute Luft in meinem Institut.", sagte Doktor Paul barsch.

„Aber Doktor Paul, bei Ihnen riecht es immer nach einer Mischung aus Moor, Müllhalde und Bahnhofsurinal. Jetzt kommt ein wenig Rauchgeruch dazu. Ich sehe da eher eine Verbesserung für Ihr Institut.", erwiderte Massu bissig.

„Mein lieber Massu, solange wir den Thorax oder das Abdomen mancher Leiche nicht geöffnet haben, riecht es in meinem Institut nach einem Frühlingsmorgen in der Bretagne."

„Da habe ich aber andere Erinnerungen, Doktor."

„Was Sie hier bislang erlebt haben, war mehr als harmlos, Massu. Sie haben noch keine Wasserleiche gesehen! Eine solche Leiche schwillt im Laufe einiger Tage um das Doppelte an.

Wir sind seit fünf Jahren in unseren neuen Räumen. Hier ist alles vom feinsten, aber den Geruch nach dem Öffnen der Bauchdecke kann selbst unsere moderne Lüftungsanlage nicht aus der Welt schaffen."

„Ich verzichte liebend gern auf diese Erfahrung!"

„Das glaube ich Ihnen sofort!"

„Was können Sie mir denn nun zu meinem Toten aus dem Wald sagen?", sagte Massu und überhörte die spitze Bemerkung des Gerichtsmediziners.

„Bei Ihrer Leiche handelt es sich eindeutig um Gaston Truphème.“

„Sind Sie sich wirklich ganz sicher?“

„Ganz sicher. Der Mann trug einen Ausweis bei sich.“

„Ein Ausweis? Aber…“

„Ja, Truphèmes Papiere steckten in einer ledernen Brieftasche, die das Feuer nahezu unversehrt überstanden hat. Sie müssen das gute Stück bei Ihrer Spurensuche übersehen haben, Massu. Wahrscheinlich war die beginnende Erkältung Schuld an Ihrer Nachlässigkeit.“

„Das darf doch nicht wahr sein!“

„Das war auch mein erster Gedanke für Ihr schludriges Verhalten. Einen besseren Beweis für die Identität eines Opfers kann es nicht geben, oder? Und diesen Hinweis übersehen Sie!“

„Das meine ich nicht, Doktor Paul. Sie wissen selbst, dass ein Ausweis bei einer Brandleiche kein eindeutiger Beweis für deren Identität ist. Das reicht überhaupt nicht, Doktor.“

„Ach? Ehrlich? Hören Sie, Massu, ich mache das hier nicht zum ersten Mal. Ich bin kein Anfänger. Das war ein Scherz. Ich habe mir natürlich nicht nur den Ausweis des Toten angeschaut.“

„Gott sei Dank!“

„Ich habe mir Mittwochnachmittag in Tournan die Mühe gemacht, noch ein paar Dinge mehr zu betrachten. Ich habe mir zum Beispiel auch die Kleidung des Toten näher angeschaut.“

„Die Kleidung?“

„Ja, die Kleidung, Massu. Der Tote war nämlich sehr elegant gekleidet. Er trug neue rote Lederschuhe, ein weißes Hemd mit einem weichen Kragen und Manschettenknöpfen aus wertvollem Damaszener Stahl, eine Krawatte mit schwarzem und violettem Muster, eine braune Weste mit grünen Sprenkeln, graue Socken mit schwarzen Stäbchen und eine schwarze Hose mit grauem Futter und blauen Bändern."

„Sie hätten Schneider werden sollen, Doktor Paul."

„Und Sie hätten sich lieber als Verkäufer vor einen dieser flaschengrünen Bücherkästen an der Seine stellen sollen…"

„Ich… Woher wissen Sie das?"

„Das spielt keine Rolle, Massu! Was aber eine Rolle spielt, ist die Tatsache, dass ich in Truphèmes Hose die Anschrift eines guten Schneiders aus Saint-Germain-de-Prés fand…. Den guten Mann kann ich Ihnen und Direktor Benoist übrigens sehr empfehlen, wobei Sie es im Grunde nicht nötig und kein Geld dazu haben und Direktor Benoist dort im Leben nicht vorstellig werden wird."

„Schon gut, Doktor Paul. Wo finde ich diesen Schneider?"

„Die Hose stammt aus der Rue Bonaparte Nummer 62."

„Der Schneider hilft mir weiter. Was haben Sie noch herausgefunden?"

„Ich habe mir auch die Zähne des Opfers angeschaut und ich konnte gestern Abend den passen-
den Zahnarzt zum Gebiss ausfindig machen. Der
brave Mann hat seine Praxis in der Rue Blanche."

„Das ist nicht gerade die feinste Adresse der
Stadt.", sagte Massu frei heraus.

„Das mag schon sein, aber die Leute im Neunten
brauchen hin und wieder auch mal einen Zahnarzt, Massu. Wenn Sie die Adresse des Zahnarztes
stört, sollten Sie das in den nächsten Tagen mit
dem Kollegen besprechen."

„So meinte ich das nicht, Doktor. "

„Dann sagen Sie sowas auch nicht. Der Mann
war sehr nett zu mir und bestätigte meine Feststel-
lungen, was den Zustand des Gebisses angeht.
Außerdem nannte er unumwunden den Namen
seines Patienten. Es handelt sich um einen gewissen Gaston Truphème. Kommt Ihnen der Name
bekannt vor?"

„Volltreffer!", rief Massu erfreut.

„Ja, Volltreffer! Einen weiteren Volltreffer konnte
ich mit den Fingerabdrücken des Opfers landen.
Es war mir nämlich möglich, an der Leiche von
Gaston Truphème einen guten Fingerabdruck si-
cherzustellen."

„Das ist Ihnen bei dem grauenhaften Zustand der
Leiche gelungen?

„Das war nicht einfach. Ich konnte in der Tat nur
einen einzigen Fingerabdruck nehmen. Ich war
vorhin mit Bastin vom Erkennungsdienst in
Truphèmes Wohnung. Dort wimmelte es von Ver-

74

gleichsabdrücken. Wir haben Gaston Truphème gefunden. Er ist der Tote im Graben"

„Gute Arbeit, Doktor Paul."

„Für meine gute Arbeit schätzt man mich bei der Police Judiciaire, Massu. Ich habe da übrigens noch etwas für Sie. Kurz nach Ihrer Abfahrt, bekamen wir draußen am feuchten Straßengraben Besuch von einem gewissen Monsieur Seror."

„Wer ist Monsieur Seror?"

„Der Mann stellte sich mir als Diamantenexperte und Vertreter der Gewerkschaft vor. Er wurde von Madame Van Severen angerufen, die ihrerseits von Kommissar Guillaume über den Leichenfund unterrichtet wurde. Etwas voreilig, wie ich übrigens finde..."

„Ich werde es Guillaume ausrichten... Hat Monsieur Seror den Toten identifiziert, Doktor?"

„Zuerst konnte er das nicht. Er hatte Gaston Truphème in anderer Erinnerung, wenn Sie verstehen…"

„Ja, durchaus."

„Nun, Monsieur Seror war sich anfangs nicht ganz sicher. Er hatte jedoch eine Fotografie von Truphème dabei. Monsieur Seror verglich das Bild mit dem verbrannten Leichnam und identifizierte den Toten dann letzten Endes doch noch."

„Sie haben seit Mittwoch mehr herausgefunden, als ich zu hoffen gewagt habe, Doktor."

„Ich habe noch eine Überraschung für Sie."

„Ich weiß nicht, ob ich Überraschungen von Ihnen mag, Doktor."

„Diese werden sie lieben, Massu! Ich hatte in Tournan noch einen Besucher. Ich wollte im Hospital gerade Truphèmes Brustkorb öffnen, als der Vater des Toten den Raum betrat. Ich konnte glücklicherweise gerade noch in meiner Arbeit innehalten. Der Vater hat seinen Sohn sofort erkannt, Massu."

„Jetzt bin ich endgültig sprachlos, Doktor."

„Das kommt bei Ihnen leider selten vor, Massu. Brauchen Sie sonst noch etwas von mir?"

„Wie ist Gaston Truphème gestorben?"

„Die Frage habe ich erwartet. Gaston Truphème ist verblutet, Massu. Der Mann war bereits tot, als er angezündet wurde. Er ist nicht am Rauch erstickt und er wurde zuvor auch nicht von menschlicher Hand erstickt.

Das könnte man zwar vermuten, weil es Würgemale an seinem Hals gibt. Irgendjemand hat ihm zu Lebzeiten etwas um den Hals geschlungen, und zugezogen. Gaston Truphème wurde brutal gewürgt, aber er ist nicht daran gestorben, Massu."

„Verblutet? Durch einen Schlag? Ein Messer? Ein Schuss?"

„Haben Sie Geduld, Massu. Ich bin noch nicht fertig mit meinen Ausführungen. Ich habe mir die Wolle angeschaut, die Sie am Kopf und im Mund des Opfers gefunden haben. Ich habe mir das Zeug näher angeschaut, aber ich bin mir noch nicht sicher, welchem Zweck die Wolle gedient hat."

„Was vermuten Sie, Doktor?"

„Ich vermute nie etwas! Ich halte nichts von Spekulationen... Die Wolle könnte ein Narkosemittel enthalten haben. Ich muss das aber noch eingehend untersuchen."

„Sie sagten eben, Truphème sei verblutet und nicht erstickt. Was denn nun?"

„Sie sind zu ungestüm, Massu… Truphème ist tatsächlich verblutet. Außer den Würgemalen am Hals habe ich eine Prellung auf der Brust und eine klaffende Wunde am Hinterkopf entdeckt. Außerdem hatte Truphème eine weitere Wunde auf der linken Gesichtsseite in Richtung Schädeldecke."

„Schädelbruch?"

„Nein, der Schädel war intakt, aber der Blutverlust aus der großen Platzwunde war enorm. In Verbindung mit dem Schock, war dieser Blutverlust tödlich!"

„Gibt es Anzeichen für einen Kampf?"

„Wenn man die Wunden am Kopf und die Prellung auf der Brust bedenkt, ist ein Kampf sehr wahrscheinlich. Oder ein Überfall."

„Hat sich Truphème gewehrt?"

„Das kann ich Ihnen nicht beantworten. Ich habe zumindest keine Abwehrspuren gefunden."

„Vielleicht wurde er überrascht… Können Sie mir etwas zum Todeszeitpunkt sagen, Doktor?"

„Auch auf diese Frage habe ich gewartet, Massu… Natürlich kann ich Ihnen den Todeszeitpunkt verraten. Gaston Truphèmes Tod trat aller Wahrscheinlichkeit nach am Montagvormittag genau um zwei Minuten vor elf ein, Massu."

„Sie wissen das so exakt?"

„Sie lesen zu viele Krimis von Ihrem Freund Simenon, Massu. Ich habe absolut keine Ahnung, wann Monsieur Truphème gestorben ist. Das kann bereits am Tag seines Verschwindens geschehen sein, oder erst ein oder zwei Tage später."

„Da hat mir Ihre erfundene Aussage davor eindeutig besser gefallen."

„Das glaube ich Ihnen, aber der genaue Todeszeitpunkt stand leider nicht an der Leiche! Ich kann Ihnen höchstens diesen ungenauen Zeitraum nennen.

Als ich Truphème untersuchte, war er vermutlich zwischen ein paar Stunden und etwa zwei Tagen tot. Truphème hat viele Stunden lang in eisigem Wasser gelegen, war nahezu bis zur Unkenntlichkeit verbrannt und darüber hinaus grauenhaft entstellt. Da kann man keinen genauen Todeszeitpunkt bestimmen. Das kann man ohnehin nie, Massu. Nur ein Romanschriftsteller kann das. Ich kann es nicht."

„Danke, Doktor.", sagte Massu enttäuscht.

„Lassen Sie den Kopf nicht hängen. Eine Sache habe ich noch für Sie, die Ihnen vielleicht weiterhilft. Ich kann Ihnen mit Sicherheit sagen, das Truphème zum Zeitpunkt seines gewaltsamen Ablebens noch kein Mittagessen zu sich genommen hatte, nur ein karges Frühstück. Als ich mir den Mageninhalt genauer ansah…"

Massu blähte die Wangen auf.

„Ersparen Sie mir die Einzelheiten."

„Sie vertragen aber auch gar nichts, Massu. Lesen müssen Sie die Einzelheiten dennoch. Das steht nämlich alles ganz genau in meinem Bericht."

„Das habe ich befürchtet, Doktor."

„So, jetzt muss ich hier dringend lüften! Bis bald, Massu. Kommen Sie gut zurück und machen Sie heute früh Schluss."

Kapitel 9

Freitag, 02. März 1928; 13:00 Uhr
Quai des Orfèvres Nummer 36, Île de la Cité

Das Büro von Kommissar Guillaume glich einer Spelunke am Place Pigalle. Dichte Rauchwolken aus den stark qualmenden Zigaretten des Kommissars vermischten sich mit Massus Pfeifenrauch zu nahezu undurchdringlichen Dampfschwaden, die Londons gefürchtetem Nebel alle Ehre machten. Das spärliche Sonnenlicht drang nur bis zur Fensterbank vor.

„Danke für Ihren ausführlichen Bericht, Massu.", sagte Guillaume und drückte seine Zigarette im überfüllten Aschenbecher aus. „Der gute Doktor Paul konnte den Toten also anhand eines, wie nannte er das doch gleich noch, identifizieren?"

„Anhand des Zahnschemas, Chef."

„Das ist wirklich bemerkenswert! Der Hohepriester der Gerichtsmedizin ist schon sehr fortschrittlich und modernen Ermittlungsmethoden äußerst aufgeschlossen."

„Ja, das ist er in der Tat."

„Und Humor hat er auch. Mit dem Ausweis hat er Sie ganz schön auf die Schippe genommen, Massu."

„Ja, das war sehr witzig, Chef."

„Stellen Sie sich nicht so an, Massu. Mir gefällt das. Noch mehr gefällt mir aber die Sache mit den Zähnen. Das ist übrigens ein gutes Stichwort."

„So?", brummte Massu.

„Haben Sie Monsieur Mestorino schon auf den Zahn fühlen können?"

„Ja, ich war gestern kurz bei ihm. Viel hatte er mir allerdings nicht zu sagen."

„Das war zu erwarten, oder? Was haben Sie denn erfahren, Massu?"

„Gaston Truphème hat Monsieur Mestorino am Montagmorgen einen kurzen Besuch abgestattet, um dem Juwelier ein paar schöne Steine zu zeigen. Mestorino bekam feuchte Augen, als er mir von den wertvollen Steinen berichtete."

„Feuchte Augen sind kein Grund, um jemanden zu verhaften. Diamanten sind halt nicht nur der beste Freund der Frauen, sondern auch bei Juwelieren sehr beliebt. Hat er Steine gekauft?"

„Nein, er hat keine Steine gekauft. Während er mir das sagte, bekam Monsieur Mestorino übrigens auch feuchte Augen. Allerdings waren es diesmal eher Tränen der Verzweiflung."

„Die Geschäfte laufen für Monsieur Mestorino wohl nicht so gut?"

„Das pfeifen die Spatzen von den Dächern, Chef."

„Einen dieser pfeifenden Spatzen kenne ich."

„So?"

„Ja, ich hatte gestern ein aufschlussreiches Gespräch mit Madame Van Severen. Charles Mestorino bezahlt in letzter Zeit seine Bestellungen bei ihr nicht immer pünktlich. Das gefällt ihr nicht und sie bedankt sich dafür mit Hohn und Spott über ihn in der Diamantenbranche und in der Presse.

„Hat Sie das zugegeben?"

„Natürlich nicht, Massu! Die Frau ist zwar ein altes Klatschweib, aber nicht dumm! Sie hat mir gegenüber entsprechende Bemerkungen gemacht."

Guillaume lehnte sich in seinem Stuhl zurück und zündet sich eine neue Zigarette an.

„Ich habe Madame Van Severen auch nach dem Tagesablauf ihres Mitarbeiters gefragt. Leider weiß sie nicht, wann genau und für wie lange Gaston Truphème bei Monsieur Mestorino war."

„Monsieur Mestorino sagte mir, dass Gaston Truphème so gegen zehn Uhr bei ihm gewesen sei. An die genaue Uhrzeit konnte er sich allerdings nicht mehr erinnern."

„Finden Sie die genaue Uhrzeit heraus, Massu. Das ist wichtig."

„Wird gemacht, Chef."

„Ich habe übrigens auch Gabrielli auf die Sache mit Truphèmes Tagesablauf angesetzt. Er soll Sie bei den Ermittlungen unterstützen. Er stellt bereits seit gestern ein paar Nachforschungen diesbezüglich an."

„Oh, Gabrielli… Der wird mir die Aufgabe wesentlich erleichtern, Chef."

„Schon gut, Massu. Ich kenne Gabrielli nur zu gut. Er benimmt sich von Zeit zu Zeit wie die Axt im Walde… Versuchen Sie, irgendwie den Überblick zu behalten. Sie schaffen das schon!"

„Wie Sie wünschen, Chef… Ich habe nach dem Gespräch mit Mestorino übrigens einen Zeugen ausfindig gemacht, der Gaston Truphème gegen Mittag lebend gesehen hat."

„Das ist hervorragend! Wo wurde Monsieur Truphème gesehen? Beim Mittagessen?"

„Nein, Monsieur Truphème ist nicht mehr zum Essen gekommen… Ein Juwelier namens Hervé Sesler, der sein Geschäft am Place Vandôme hat, hat Gaston Truphème zum letzten Mal gesehen."

„Hervé Sesler hat einen hervorragenden Ruf in der Stadt."

„Er ist ein netter Mann, Chef. Er hat Monsieur Truphème kurz vor 11 Uhr in seinem Laden getroffen. Gaston Truphème blieb aber nur bis halb eins bei ihm, weil er sich mit jemandem zum Essen verabredet hatte."

„Also doch ein Mittagessen."

„Nein, er wurde vor dem Essen getötet. Sein Magen war leer…. Monsieur Truphème schien nach Meinung von Monsieur Sesler in Eile und nicht ganz bei der Sache zu sein."

„Ein bedeutender Punkt, Massu."

„Nach dem Mittagessen, ich meine nach zwölf Uhr, hat ihn dann aber niemand mehr gesehen.

Irgendjemand hat ihn in dieser Zeit für immer vom Essen abgehalten."

„Hm.", brummte Guillaume nachdenklich. „Gute Arbeit, Massu."

„Danke."

„Ich habe mir gerade etwas überlegt. Ich werde diesen Fall später ganz sicher ausschweifend in meinen Memoiren erwähnen, aber Sie sollten die Ermittlungen im Fall Truphème übernehmen. Sie waren lange genug nur mein Assistent. Kann ich mit Ihnen rechnen, Massu?"

„Ich soll die Ermittlungen übernehmen?", fragte Massu überrascht.

„Sie sollen in diesem Fall nicht nur ermitteln. Sie sollen die Ermittlungen sogar leiten! Ich gebe Ihnen Gabrielli, Février und Mougel an die Hand. Die drei Jungs werden Ihnen bei der Aufklärung dieses Verbrechens zur Seite stehen. Es ist ab jetzt ganz und gar Ihr Fall, Massu."

„Ich bin sprachlos, Chef."

„Das ist schlecht, Massu, denn Sie werden in der nächsten Zeit viel reden müssen. Sie werden sogar noch heute viel reden müssen. Ich möchte nämlich, dass Sie noch heute Charles Mestorino hier am Quai des Orfèvres vernehmen."

„Ich soll Monsieur Mestorino vorladen, Chef?"

„Ja."

„Aber wir haben doch gar nichts gegen ihn in der Hand."

„Vielleicht werden wir auch nie etwas gegen ihn in der Hand haben, weil er mit dem Tot von Monsieur Truphème nichts zu tun hat."

„Ja, aber dann…"

„Charles Mestorino ist im Augenblick unser einziger Verdächtiger. Wir haben zwar im Augenblick nichts gegen ihn in der Hand, doch der Zweck heiligt bekanntermaßen die Mittel."

„Ich werde mein Bestes geben, Chef."

„Lassen Sie sich von Gabrielli alles über Gaston Truphème und Charles Mestorino geben, was er bis jetzt herausgefunden hat. Sie werden seine Informationen später mit Sicherheit brauchen."

„Wollen Sie dabei sein?"

„Nein, ich muss in den Wald von Armainvilliers und mich dort der Pressemeute stellen. Das ist der Nachteil, wenn man meine Position bei der Kriminalbrigade hat. Sie werden das eines Tages am eigenen Leib spüren, Massu."

„Mag schon sein Chef, aber in Ihrer Position können Sie bei schlechtem Wetter wenigstens im Büro bleiben."

„Raus, Massu!", lachte der Kommissar und hob zur Betonung seiner Worte den vollen Aschenbecher ein paar Zentimeter an.

*

Massu warf ein paar Holzstücke in den Kanonenofen. Er ließ sich auf seinen Stuhl fallen und zog die Schuhe aus. Dann legte er die Füße auf den Schreibtisch und griff zum Telefon.

„Salut Février, ich brauche deine Hilfe. Ich leite ab sofort offiziell den Fall Truphème und da..."

„Glückwunsch, Massu! Ich hatte schon befürchtet, dass Gabrielli auf die Sache angesetzt wird. Du bist zwar auch nicht gerade die erste Wahl, aber egal!"

„Was soll das heißen, Février?"

„Vergiss es! Was kann ich für dich tun? Brauchst du einen Laufburschen?"

„Halt' die Luft an, Février! Du sollst für mich..."

„Bier kaufen? Kaffee kochen? Pantoffeln holen? Ein Sandwich in der *Brasserie Dauphine* bestellen?"

„Jetzt halt' endlich die Klappe! Bring' mir bis zum späten Nachmittag Monsieur Mestorino her. Ich möchte dem werten Herren gerne ein paar Fragen zum Verschwinden des Diamantenhändlers Gaston Truphème stellen."

„Charles Mestorino?"

„Ja, den meine ich. Ist das ein Problem für dich?"

„Nein, für mich nicht, aber für Monsieur Mestorino vielleicht."

„Warum?"

„Nun, Monsieur Mestorino wird nicht gerade glücklich über die Störung sein. Der Monat März hat begonnen. Alle Modeschöpfer der Stadt sind dabei, ihre Modenschauen zu organisieren und ihre Modelle mit Schmuck auszustatten."

„Das ist mir egal, Février! Mestorinos Geschäfte gehen nicht gut. Vermutlich stehen die Modeschöpfer bei ihm nicht gerade Schlange. Er dürfte also viel Zeit für mich haben, auch wenn er vorgeben wird, sehr beschäftigt zu sein."

„Und wenn er sich weigert, zu kommen?"

„Lass' dir was einfallen, Février! Mach' deinem Dienstgrad alle Ehre!"

„Denkst du, dass er etwas mit dem Tod von Monsieur Truphème zu tun hat?"

„Jeder in Paris ist zu diesem Zeitpunkt verdächtig. Aber das wirst du ihm keinesfalls sagen. Ist das klar?"

„Geht klar."

„Falls Mestorino dich nervt, sag' ihm, dass er für die Polizei ein wichtiger Zeuge ist. Hast du mich verstanden?"

„Ich verstehe dich sehr gut. Die Verbindung ist exzellent."

„Février!", knurrte Massu.

„Ich sage ja immer, dass Führungspositionen den Charakter eines Menschen verändern... und nicht immer zum Guten! Ich fahre nachher zu ihm raus.", lachte Février.

Massu ging nicht auf ironische Bemerkung seines Kollegen und Freundes ein.

„Du kannst Monsieur Mestorino gerne sagen, dass wir wichtige Zeugenaussagen ausschließlich am Quai des Orfèvres aufnehmen."

„Das wird ihn sicher sofort milde stimmen, Massu."

„Auch das ist mir vollkommen egal, Février. Erst an dem Tag, an dem wir uns kleine Schreibmaschinen in unsere Jackentaschen stecken, mit denen wir auch telefonieren können, werden wir zu den Zeugen rauskommen."

„Das wird wohl niemals passieren, Massu."

„Ich habe keine Ahnung. Ich bin schließlich nicht Jules Verne!", sagte Massu und legte auf. Dann ging er zu Gabrielli.

*

Gabrielli grinste Massu frech an.

„Sie sehen ziemlich schlecht aus, Massu."

„Sie sind auch nicht gerade eine Schönheit, Gabrielli.", gab Massu schlagfertig zurück.

„Sie sollten nach Hause gehen. Sie haben doch eine große Wohnung mit Badezimmer. Da sollten Sie jetzt besser sein... Wo wohnen Sie eigentlich genau, Massu?"

„Am Boulevard Diderot. Warum fragen Sie das? Wollen Sie mich am Krankenbett besuchen kommen?"

„Gott bewahre, Massu! Ins noble 12. Arrondissement kriegt mich keiner! Ich bleibe mit meiner Frau lieber in der Rue Olivier de Serres. Das ist im 15. Arrondissement, falls Sie sich jemals dorthin verirren sollten. Das überteuerte Loch ist zwar feucht, aber eine Badewanne haben wir nicht."

„Ich bin sehr oft in Ihrem Viertel, Gabrielli. Die Mordrate ist dort unglaublich hoch."

„Ja, das Leben in unserem noblen Viertel pulsiert."

„Grämen Sie sich nicht, Gebrielli. Immerhin liegt bei Ihnen das Hôpital de Vaugirard um die Ecke. Sie haben es nicht so weit bis ins Krankenhaus, falls es Sie mal erwischen sollte."

„Es steht unentschieden, Massu.", schnaubte Gabrielli aufgebracht.

„Keinesfalls! Was haben Sie herausgefunden?"

„Nicht viel, Massu. Für umfangreiche Nachforschungen hat die Zeit nicht ausgereicht."

„Schießen Sie los."

„Gaston Truphème, 35 Jahre alt, ledig, angestellt bei Madame Van Severen und Zeit seines Lebens polizeilich nicht auffällig geworden."

„Das hat ihm leider nicht geholfen. Was haben Sie noch? Beeilen Sie sich, Gabrielli! Mir ist kalt und ich spüre ein fürchterliches Kribbeln in der Nase."

„Sie sollten endlich darauf bestehen, dass Ihr Büro an die Zentralheizung angeschlossen wird, Massu."

„So weit wird es ganz sicher nicht kommen! Seit der Umstellung auf die Zentralheizung wird es hier nicht mehr richtig warm. Außer in meinem Büro, weil ich noch meinen alten Kanonenofen habe... Also, was können Sie mir noch sagen?"

„Gaston Truphème war der einzige Sohn eines ehemaligen Amtsdieners des Senats und hat eine kleine Wohnung in der Rue de la Bourse Nummer 11. Die Eltern leben übrigens in Montreuil."

„Die Rue de la Bourse befindet sich in einer schönen Gegend, Gabrielli. Ganz in der Nähe des

Palais Royal. Vielleicht sollten Sie sich um die frei werdende Wohnung des Toten kümmern."

„Wenn ich nicht so gut erzogen wäre... Wollen Sie meine Meinung zum Fall hören, oder nicht?", brummte Gabrielli.

„Lieber nicht, aber das wird Sie sicher nicht davon abhalten, mir Ihre Meinung dennoch unter die laufende Nase zu reiben, oder?"

„Das stimmt, Massu. Ich denke, dass Gaston Truphème das Opfer eines simplen Raubes wurde."

„Der Kommissar hat sich auch schon mal geirrt, als er von einem simplen Verschwinden des Opfers ausging."

„Vielleicht, aber Monsieur Truphème hatte nachweislich Ware im Wert von 60.000 Francs dabei. Dazu noch Bargeld in Höhe von 57.000 Francs."

„Ach, du meine Güte! Das ist viel Geld. Davon wusste ich bislang nichts."

„Und das ist noch nicht alles, Massu. Monsieur Truphème hatte außerdem einen Wechsel in Höhe von 35.000 Francs und Steine anderer Händler im Wert von insgesamt 300.000 Francs dabei."

„Eigentlich hätte Monsieur Truphème nicht ohne Begleitschutz auf die Straße gehen dürfen."

„Hätte, hätte, Fahrradkette..."

„Wie bitte?"

„Nur so eine Redensart von mir, Massu."

„Aha... Wieviel Geld schuldet Monsieur Mestorino der liebreizenden Madame Van Severen eigentlich? Wissen Sie das?"

„Und ob ich das weiß, Massu! Gaston Truphème sollte bei Monsieur Mestorino 35.000 Francs an Außenständen einkassieren."

Massu nickte anerkennend und begann, seine Pfeife zu stopfen.

„Bei der Sache geht es um viel Geld. Bei den Werten, die Truphème am Montag bei sich trug, liegt ein Durchbrennen durchaus im Bereich des Möglichen."

„Aber der Kommissar hat sich geirrt, Massu."

„Auf den ersten Blick zumindest. Vielleicht handelt es sich um ein Durchbrennen mit späterer Todesfolge."

„Sie meinen…"

„Ja, vielleicht wurde er das Opfer eines Komplizen, Gabrielli."

„Vielleicht aber auch nicht. Ich denke, dass wir es mit einem simplen Raub zu tun haben, Massu. Bei den Werten, die sich im Besitz von Monsieur Truphème befanden, könnte man auf den ersten Blick zwar an ein Durchbrennen denken, aber das passt ganz und gar nicht zu Gaston Truphèmes Art. Da hat seine Chefin vollkommen Recht."

„So?"

„Monsieur Truphème galt in seinen Kreisen als sehr sympathisch und sehr seriös. Im Krieg wurde er mehrfach verwundet und mit entsprechenden Orden dekoriert. Er hatte einen tadellosen Ruf."

„Einen tadellosen Ruf haben die Herren unserer verehrten Republik auch, Gabrielli. Dennoch würde ich für keinen von ihnen meine Hand ins Feuer legen… Wie lange war Monsieur Truphème eigentlich bereits als Diamantenhändler tätig, Gabrielli?"

„Tja, das mit Truphèmes Arbeit als Diamantenhändler ist eine witzige Geschichte, Massu. Die passt irgendwie so gar nicht zum guten Ruf des jungen Mannes."

„Also doch kein Heiliger!"

„Wer ist das schon, Massu… Gaston Truphème war vor sechs Jahren kurz mit seiner Patentante verheiratet. Die Ehe hielt aber nur ein Jahr lang. Die Beiden ließen sich scheiden und Truphème schlug sich danach in diversen Bars als Musiker durch."

„O Tempora, o Mores! Das sind ja Sitten! Spielte Truphème zufällig auch in der Nähe der Rue Blanche?"

„Place Blanche, Place Pigalle, Rue Lepic, Montmartre... Die üblichen Ecken in der Stadt. Warum fragen Sie?"

„Es ist zwar etwas abwegig, aber es gibt da eine Verbindung zur Rue Blanche. Gaston Truphème hat dort nämlich seinen Zahnarzt. Seit wann ist Truphème denn nun Diamantenhändler?"

„Monsieur Truphème ist erst seit vier Jahren Diamantenhändler, Massu."

„Erst seit vier Jahren? Und dennoch hatte er bereits einen derart tadellosen Ruf und bei seinen

Touren Werte bei sich, wie man sie nicht einmal älteren Vertretern seiner Zunft anvertraut? Das nenne ich mal eine steile Karriere, Gabrielli."

„Der steile Aufstieg vom Musiker zum Diamantenhändler hat ihm letztes Endes den Tod gebracht!"

„Tja... Haben Sie zufällig auch noch ein paar Informationen darüber, was an seinem vermeintlichen Todestag passiert ist?"

„Sie meinen, was er am 27. Februar gemacht hat? Am Montag?"

„Ja."

„Am Montag war Truphème um halb zehn nachweislich in der *Banque de l'Union parisienne* und löste den Wechsel in Höhe von 35.000 Francs ein. Danach hat er vermutlich Monsieur Mestorino aufgesucht, um die fälligen 35.000 Francs einzutreiben.

Um halb zwölf hat er dann von irgendwo aus der Stadt den Bruder von Madame Van Severen angerufen, um das gemeinsame Mittagessen abzusagen. Er gab an, sich mit jemand anderem verabredet zu haben. Einen Namen nannte er nicht. Gegen ein oder zwei Uhr wollte er zurück im Büro sein. Mehr weiß ich nicht."

„Die Lücken schließen sich langsam. Um zehn Minuten vor elf traf sich Monsieur Truphème mit einem Juwelier namens Hervé Sesler. Die Beiden sprachen ausführlich über die Geschäfte eines Händlers namens Heurguesl und trennten sich dann um halb eins. Danach verliert sich Monsieur Truphèmes Spur.“

„Wir kommen voran… Sie waren bei Mestorino, ist das richtig?“

„Warum fragen Sie das, Gabrielli?“

„Ich weiß, dass Sie bereits bei Mestorino waren, weil ich heute Morgen in seinem Geschäft angerufen habe. Ich hatte Monsieur Mestorinos Schwägerin, Mademoiselle Charnaux, an der Strippe. Sie hat mir gesagt, dass erst gestern jemand von der Polizei dagewesen wäre...“

„Ich habe dort keine Mademoiselle Charnaux angetroffen.“

„Mademoiselle Charnaux hat mir am Telefon gesagt, dass sie Monsieur Truphème gegen 10 Uhr, vielleicht auch etwas später, habe kommen sehen.“

„Aha.“

„Sie könne sich aber nicht mehr an die genaue Uhrzeit erinnern. Truphème habe sie am Montag nur kurz begrüßt, bevor er in Monsieur Mestorinos Büro verschwand.

Die beiden Männer hätten hinter der Tür leise miteinander gesprochen. Sie sei unterdessen zu den Angestellten in die hinteren Räume gegangen und mehr wisse sie leider nicht.“

„Das ist interessant, aber nicht viel Neues.“

„Sie sollten Sie vielleicht selbst einmal befragen.“

„Das werde ich, aber das hat noch Zeit.“

„Sagen Sie das nicht, Massu. Ich habe bereits Fotos von Mademoiselle Charnaux gesehen. Ein Besuch der jungen Dame lohnt sich…“

„Schon gut, Gabrielli. Ich werde mich heute Nachmittag erst einmal an Monsieur Mestorino halten und es später dann mit Mademoiselle Charnaux versuchen."

„Sie Schwerenöter!"

Massu nieste anstelle einer Antwort kräftig. Gabrielli grinste ihn verschlagen an.

„Gesundheit! Ich kann Ihnen ein gutes Krankenhaus empfehlen. Es liegt bei mir um die Ecke. Ich könnte Sie jeden Tag besuchen kommen."

„Verdammt! In diesem vermaledeiten Graben hat sich nicht nur Monsieur Truphème den Tod geholt!"

„Ach, noch leben Sie, Massu. Lassen Sie mich aber bitte wissen, wenn es mit Ihnen zu Ende geht. Ihre Wohnung am Boulevard Diderot würde mich durchaus interessieren…"

Kapitel 10

Freitag, 02. März 1928; 17:00 Uhr
Quai des Orfèvres Nummer 36, Île de la Cité

M assu stand rauchend am offenen Fenster seines Büros und schaute nach rechts auf die gestutzten Rosskastanien auf dem Place Dauphine. Die kleinen Bäume, die den dörflich wirkenden Platz umstanden, blühten in diesem Jahr erstaunlich früh.

Der Inspektor atmete die milde Frühlingsluft tief ein und lächelte zufrieden. Er schloss das Fenster, rückte seine zwei grünen Glückssessel vor seinem Schreibtisch zurecht und streichelte liebevoll über die Rückenlehnen.

Massu schaute auf seine Armbanduhr und setzte sich dann auf seinen Bürostuhl. Wie auf ein geheimes Zeichen hin, klopfte es an der Tür.

„Herein!", rief er energisch.

Die Tür öffnete sich und Inspektor Février führte einen sichtlich verärgerten Monsieur Mestorino in den Raum. Der Juwelier wurde von einer hübschen Frau begleitet, die sehr modern und edel gekleidet war und einen glupschäugigen Pekinesen auf dem Arm trug; die junge und schöne Alice Mestorino mit ihrem weniger schönen Hund.

Massu stand auf und trat neben seinen Schreibtisch.

„Guten Tag, Madame. Guten Tag, Monsieur... Sie können dann gehen, Février."

Février nickte Massu augenzwinkernd zu und verließ den Raum. Massu musterte seinen Besuch ein paar Sekunden lang ausgiebig von oben bis unten.

„Haben Sie sich an mir satt gesehen, Herr Kommissar?", blaffte Madame Mestorino.

„Ich bin Inspektor, Madame. Setzen Sie sich bitte.", sagte Massu freundlich.

Das Ehepaar Mestorino blieb stocksteif vor Massus Schreibtisch stehen. Massu zeigte mit einer weit ausholenden Geste auf die grünen Sessel.

„So setzen Sie sich doch bitte. Es wird gewiss nicht lange dauern, aber ich würde nur sehr ungern im Stehen mit ihnen reden."

„Warum haben Sie mich und meine Frau herbringen lassen?", fragte Charles Mestorino betont ruhig.

„Ich habe Sie herbringen lassen, weil ich Ihnen ein paar Fragen zum Tod von Gaston Truphème stellen möchte... Wenn Sie stehen bleiben möchten, kann ich Sie selbstverständlich nicht daran hindern. Wenn Sie erlauben, werde ich mich jedoch setzen."

„Meine Frau und ich werden selbstverständlich alles tun, was der Gerechtigkeit hilft. Dennoch würden wir gerne von Ihnen wissen..."

„Bitte verraten Sie uns unverzüglich, warum Sie uns um diese Uhrzeit wie Schwerverbrecher hierher holen lassen?", fuhr Madame Mestorino wütend dazwischen. „Wir haben schließlich nichts getan, Herr Inspektor!"

„Setzen Sie sich doch bitte, damit ich Ihnen in Ruhe alles erklären kann."

Alice Mestorino schnaubte verärgert. Das Ehepaar blickte sich an und folgte schließlich Massus Bitte.

„Wie ich Ihnen eben bereits sagte, Madame und Monsieur, habe ich ein paar Fragen zum Tod von Monsieur Truphème an Sie. Ich würde gerne von Ihnen wissen..."

„Sind wir etwa verdächtig?", keifte Alice Mestorino.

„Zu diesem frühen Zeitpunkt einer Untersuchung in einem Mordfall ist jeder verdächtig, Madame. Ich kann Sie aber beruhigen. Sie sind nicht mehr verdächtig, als jeder andere Einwohner der Stadt Paris auch."

„Aber auch nicht weniger, oder? Wollten Sie das sagen, Herr Inspektor? Laden Sie die anderen Einwohner der Stadt auch vor?"

„Nun, wenn es notwendig werden sollte, ja!"

Massu stand unvermittelt auf.

„Wenn Sie mich bitte kurz entschuldigen würden.", sagte er. „Ich muss kurz etwas nachlesen. Es ist mein erster Fall."

Er ließ das Ehepaar Mestorino verwirrt in seinem Büro sitzen und verließ den Raum durch die Verbindungstür.

Massu ging in das leere Büro seines Chefs. Madame Mestorino schaute ihm böse hinterher.

Auf Kommissar Guillaumes Schreibtisch lag eine Abschrift der Akte des Falls Truphème. Massu ließ die Verbindungstür offen, so dass er die Beiden vom Schreibtisch seines Chefs aus beobachten konnte.

Das Ehepaar Mestoriono konnte ihn von ihren Plätzen aus ebenfalls im Blick behalten. Er nahm die dünne Akte zur Hand, trat ans Fenster und tat so, als ob er das Dossier eingehend studieren würde.

Massu schaute immer wieder kurz zu seinen Besuchern und nahm plötzlich eine blitzschnelle Bewegung wahr. Alice Mestorino funkelte ihren Mann böse an und machte ihm mit der Hand ein unmissverständliches Zeichen, zu schweigen.

Nach einer Minute klappte der Inspektor die Akte geräuschvoll zu, legte sie zurück auf den Schreibtisch und ging wieder in sein Büro. Er setzte sich an seinen Schreibtisch, nahm eine vorgestopfte Pfeife aus einer Schublade und steckte sie sich in den Mund.

Massu zündete die Pfeife jedoch nicht sofort an. Er faltete zuerst bedächtig die Hände und schaute Madame Mestorino offen in die Augen. Dabei sagte er kein Wort. Madame Mestorino wurde ungeduldig.

„Ähm… Es ist also Ihr erster Fall, Inspektor. Das erklärt natürlich, warum Sie ehrbare Bürger um diese späte Zeit aus ihrem Geschäft holen. Ihr Chef hätte das sicher nicht getan.", sagte Madame Mestorino spitz.

„Der Vorschlag kam von ihm, Madame.", sagte Massu und schaute kurz auf seine Armbanduhr. „Es ist auch nicht wirklich spät. Es ist erst kurz nach fünf Uhr, Madame… Sie erlauben, dass ich rauche?"

„Ja, es ist kurz nach fünf Uhr am späten Nachmittag und mein Mann und ich befinden uns mitten in der Hauptgeschäftszeit. Wir haben sehr viel Arbeit, Herr Inspektor."

„Dessen bin ich mir durchaus bewusst, Madame. Dennoch..."

„Dürfen Sie uns um diese Zeit überhaupt noch holen lassen, Herr Inspektor? Es ist fast dunkel. Sie kennen das Gesetz, oder etwa nicht?", fauchte Alice Mestorino den Inspektor an.

„Sie meinen sicherlich, ob ich den Artikel 76 unserer Verfassung vom 13. Dezember 1799 kenne, Madame?", sagte Massu ruhig.

„Sie dürfen nach dem Gesetz doch des Nachts keinen Bürger in seinen vier Wänden verhaften, oder?"

„Nun, in manchen Monaten wird es jahreszeitlich bedingt früher dunkel, Madame. An der Uhrzeit ändert das jedoch nichts. Das Verhaftungsverbot gilt grundsätzlich erst nach zehn Uhr abends, unabhängig vom Zustand des Tageslichts.", sagte

Massu augenzwinkernd. „Außerdem sind Sie und Ihr Mann nicht verhaftet. Sie sind wichtige Zeugen für uns und keine Mordbuben. Es steht ihnen jederzeit frei, mein Büro zu verlassen."

Alice Mestorino hielt den Mund, was Massu sehr gut gefiel. Charles Mestorino wischte sich elegant eine dicke Schweißperle von der Stirn.

Massu zündete sich endlich seine Pfeife an und nahm zwei kräftige Atemzüge.

„Wie Sie mir gestern Nachmittag sagten, Monsieur, kennen Sie Gaston Truphème recht gut. Ist das richtig?", fragte Massu den Juwelier unvermittelt.

Charles Mestorino schreckte auf und warf einen schüchternen Blick auf seine Frau. Alice Mestorino gab sich völlig teilnahmslos. Sie starrte Massu feindselig an und tat gleichzeitig so, als gäbe es ihren Mann nicht. Charles Mestorino wirkte bei seiner Antwort deutlich verwirrt.

„Wir... Ich... Ja, natürlich kenne ich ihn. Gaston… Monsieur Truphème ist... Er war... Er war ein guter Freund der Familie."

„Wann war Monsieur Truphème das letzte Mal bei Ihnen, Monsieur Mestorino?"

„Wie ich Ihnen gestern bereits sagte, war das am Montag so gegen 11 Uhr. Vielleicht auch ein wenig früher."

„Warten Sie… Ich habe es mir notiert... Sie sagten gestern, dass es so gegen 11 Uhr gewesen sei. Dann verbesserten Sie sich auch 10 Uhr."

„Ach, Gott, ja. Ich weiß es leider nicht mehr so genau. Es war am Montag wohl gegen 11 Uhr. Vielleicht auch ein wenig früher.“

„Gut, halten wir jetzt also zwischen 10 Uhr und 11 Uhr fest.“, sagte Massu und kritzelte ein paar Notizen in seinen Schreibblock. „Was wollte Monsieur Truphème bei Ihnen?“

„Gaston hatte schöne Steine bei sich und er hatte leider auch...“, antwortete Charles Mestorino leise. Er brach mitten im Satz ab und sah erneut zu seiner Frau, die ihn noch immer ignorierte. „Nun, ich nehme an, dass Sie es ohnehin bereits wissen... Gaston hatte schöne Steine bei sich und er brachte mir eine ausstehende Rechnung über 35.000 Francs mit. Nichts Besonderes.“

„Das soll nichts Besonderes sein, Monsieur? Ich bitte Sie! Sie mögen vielleicht an Rechnungen in dieser Höhe gewöhnt sein, aber für mich sind Beträge in dieser Größenordnung durchaus etwas Besonderes.“

„Das glaube ich Ihnen gerne, Herr Inspektor. Die Gehälter bei der Polizei sind eine Frechheit.“, sagte Monsieur Mestorino freundlich.

„Wir kommen schon irgendwie durch... Haben Sie die Rechnung beglichen?“

„Ja, natürlich! Ich habe ihm die 35.000 Francs sofort bezahlt!“

„Sofort?“

„Ja, in meinem Büro.“

„Und danach?“

„Danach? Ich verstehe Ihre Frage nicht.“

„Was tat Monsieur Truphème, nachdem Sie ihn bezahlt hatten?"

„Gaston war danach nicht mehr lange bei mir. Wir unterhielten uns noch einen Augenblick über dies und das. Dann ist er gegangen und ich habe nichts mehr von ihm gesehen oder gehört bis ich heute in der Zeitung von seinem Tod erfahren habe. Ich hatte mir gestern bereits so etwas gedacht, aber nicht für möglich gehalten. Ich…"

Monsieur Mestorino brach den Satz ab und schaute Massu mit einer Mischung aus Trauer und Entsetzen an.

„Ja, das ist eine schlimme Sache, was mit Monsieur Truphème geschehen ist. Das war wahrhaftig kein schöner Anblick im Graben... Verzeihen Sie meine Offenheit, Madame."

Charles Mestorino nickte und wischte sich erneut eine dicke Schweißperle von der Stirn, während Alice Mestorino ein theatralischer Seufzer entfuhr.

„Wir haben die grauenhaften Einzelheiten aus der Zeitung erfahren. Ich bin tief betroffen.", sagte Alice Mestorino nach einem kurzen Augenblick der inneren Einkehr.

Massu nickte und nahm ungerührt einen weiteren Zug aus seiner Pfeife.

„Das glaube ich Ihnen gerne, Madame. Sie waren auch gut befreundet mit Monsieur Truphème, oder irre ich mich?"

Massu blickte Madame Mestorino fragend an. Alice Mestorino nickte und blieb äußerlich völlig teilnahmslos, während ihre Ohren plötzlich eine rote Färbung annahmen.

„Ja, wir waren sehr gut befreundet. Ich... Wir kennen Gaston… Monsieur Truphème schon seit vielen Jahren, Herr Inspektor. Wie mein Mann bereits sagte, war Gaston ein Freund der Familie."

„Ich verstehe."

„Monsieur Truphème war ein guter Freund unserer Familie.", sagte Charles Mestorino ernst. „Die ganze Sache geht mir und meiner Frau sehr an die Nieren. Wir wünschten, wir könnten Ihnen in diesem delikaten Fall mehr behilflich sein, Herr Inspektor."

„Das können Sie tatsächlich, Monsieur Mestorino. Ich habe eine wichtige Frage: Wo bewahrten Sie am Montag die 35.000 Francs auf, die Sie Monsieur Truphème beziehungsweise Madame Van Severen schuldeten?"

„Ich bitte Sie, Herr Inspektor. Von Schulden kann keine Rede sein. Ich kaufe stets gute Ware bei Madame Van Severen und ich habe diese Ware selbstverständlich zu bezahlen."

„Ja, das haben Sie... Das beantwortet jedoch meine Frage nicht, Monsieur Mestorino."

„Ich verstehe Ihre Frage nicht! Glauben Sie etwa, dass ich... Das wir etwas mit dem Tod von Gaston Truphème zu tun haben?", fragte Charles Mestorino hörbar erbost.

„Ich glaube nie etwas, Monsieur Mestorino. Ich stelle Ihnen lediglich reine Routinefragen."

„Von wegen!", lachte Madame Mestorino hysterisch. Der kleine Hund auf ihrem Schoß fing an zu knurren und ließ sich danach kaum mehr beruhigen.

„Bitte beruhigen Sie sich, Madame… Was ich von Ihnen wissen möchte, Monsieur, ist, ob Sie das viele Geld bei sich trugen? Eine so hohe Summe birgt immer Risiken."

„Sie tun nur Ihre Pflicht, Herr Inspektor…. Ich trug das Geld nicht bei mir. Es lag in meinem Tresor für ihn bereit."

„Bezahlten Sie Monsieur Truphème mit großen oder mit kleinen Scheinen?"

„Ich... Es... Da waren Hunderter... Ich weiß nicht so genau."

„Alte oder neue Scheine, Monsieur Mestorino?"

„Wieso alt oder neu? Ich verstehe Sie nicht, Herr Inspektor."

„Ich möchte von Ihnen wissen, ob die Scheine knisterten und sich frisch anfühlten oder fühlten sie sich eher weich an, wie die öligen Karpfen in der Seine, Monsieur?"

Monsieur Mestorino zögerte und ihm trat eine dicke Schweißperle auf die Stirn.

„Monsieur Mestorino... Ich stelle Ihnen diese seltsamen Fragen, weil sie für mich von größter Bedeutung sind."

„Das will ich Ihnen gerne glauben. Ich frage mich jedoch, wie Ihnen der Zustand der Geldscheine weiterhelfen kann, Herr Inspektor?"

„Das will ich Ihnen erklären, Monsieur. Sie könnten für diese hohe Summe vor ein paar Tagen beispielsweise einen Scheck ausgestellt haben."

„Das habe ich getan."

„Sehen Sie, Monsieur. Und mit diesem Scheck könnten Sie zur Bank gegangen sein und die Bank könnte Ihnen den Betrag wiederum in neuen Scheinen ausgezahlt haben. Der Kassierer, der Ihnen diese große Summe in neuen Scheinen ausgezahlt hat, könnte sich möglicherweise an die Seriennummern erinnern und wenn jemand in ein paar Tagen oder Wochen mit genau diesen Scheinen bezahlt, können wir die Spur zum Mörder von Gaston Truphème zurückverfolgen."

„Ich verstehe, Herr Inspektor. Das ist genial!"

„Das ist es, aber wenn die Scheine alt und benutzt waren..."

„Was dann, Herr Inspektor?"

„Dann hat es sich mit der Nachverfolgung, Monsieur Mestorino. Dann geht uns der Täter womöglich durch die Lappen. Verstehen Sie vor diesem Hintergrund die Bedeutung meiner merkwürdigen Frage, Monsieur?"

„Oh, das ist ja wie bedauerlich. Die Scheine waren leider nicht neu, Herr Inspektor. Ich habe neulich zwar Geld abgehoben, aber ich gab Gaston am Montag alte Scheine aus meinem Tresor."

„Das habe ich befürchtet."

„Ich bin wirklich untröstlich, Herr Inspektor. Das wird Ihnen wohl leider nicht weiterhelfen, oder etwa doch?"

„Das wird sich noch zeigen, Monsieur Mestorino. Jede Aussage kann irgendwann die entscheidende Wende in einem Fall bringen."

Massu stand erneut auf.

„Bitte entschuldigen Sie mich nochmals für einen kurzen Augenblick. Ich muss leider neues Papier holen. Ich bin gleich wieder bei ihnen."

Der Inspektor ging nach nebenan. Das Ehepaar Mestorino wartete einen Augenblick und begann dann, verhalten über den Mord an Gaston Truphème zu tuscheln.

Massu hörte Sie leise über die Stadt Tournan sprechen. Er blieb für etwa eine halbe Minute in Guillaumes Büro und belauschte das Ehepaar währenddessen gespannt. Als er genug davon hatte, nahm er einen frischen Schreibblock von Guillaumes Schreibtisch und ging wieder zurück.

„Verzeihen Sie bitte… Ich habe Sie eben über Tournan reden hören. Haben Sie vielleicht eine Idee, warum Monsieur Truphème dort ermordet wurde? Hatte er dort Feinde? Was machte er in Tournan? Haben Sie dazu vielleicht eine Idee, Madame?"

Madame Mestorino zuckte erschreckt zusammen. Massu lehnte sich entspannt zurück und verschränkte die Hände hinter dem Kopf.

„Ich?"

„Ja, Sie, Madame. Hatte Monsieur Truphème dort vielleicht eine Freundin? Eine Frau spürt so etwas doch viel eher, als wir Männer.", fragte er sanft.

„Ich... Ich weiß nicht, ob Gaston in Tournan Feinde hatte, Herr Inspektor. Und ob er dort eine Freundin hatte, weiß ich auch nicht. Gaston war eingefleischter Junggeselle, aber er war sehr gut aussehend. Es ist gut möglich, dass er dort eine kleine Freundin hatte."

„Monsieur Truphème war doch ein guter Freund der Familie und da hat er mit Ihnen nie über sein Privatleben geplaudert?", fragte er erstaunt.

„Nein, niemals, Herr Inspektor... Obwohl... Vor einiger Zeit hat er mir gesagt, er hätte eine Freundin. In diesem Zusammenhang ist womöglich auch der Name Tournan gefallen. Vielleicht lebt diese Freundin aber auch hier in Paris."

„Das ist sehr schade, Madame. Das wäre eine heiße Spur für uns gewesen."

„Wenn Gaston eine Freundin hätte, würde Ihnen das tatsächlich weiterhelfen?"

„Ja, durchaus, Madame. Ganz im Vertrauen... Wir haben erfahren, dass sich Gaston Truphème am Montag mit jemandem zum Mittagessen verabredet hatte. Wir wissen aber leider nicht, mit wem. Und bei Ihnen war er ja leider nicht."

„Nein, leider nicht. Dann wäre Gaston womöglich noch am Leben.", seufzte Madame Mestorino und Massu hatte den Eindruck, dass sie es durchaus ernst meinte.

„Vielleicht, Madame... Ich möchte noch einmal auf Tournan zu sprechen kommen. Finden Sie nicht auch, dass Tournan viel zu weit vor den

Toren der Stadt liegt, um dort mal schnell eine Kleinigkeit mit einer Freundin zu essen?

„Ja, das erscheint mir für ein Mittagessen in der Tat zu weit draußen zu sein.", sagte Madame Mestorino nach kurzem Nachdenken.

„Was oder wer könnte Ihren Freund dann bewegt haben, nach Tournan hinaus zu fahren? Was könnte in Tournan vorgefallen sein, Madame?"

„Ich... Nun, Tournan und Armainvilliers... Die beiden Orte liegen doch dicht beieinander, oder?"

„Ja."

„Ich habe keine Idee, Herr Inspektor."

„Aber ich habe eine Idee.", rief Monsieur Mestorino plötzlich. „Ich könnte mir denken, dass Gaston vielleicht mit einem Kunden oder alleine zu einem Kunden nach Tournan hinaus gefahren ist. Dort hat er, oder haben sie, etwas gegessen und dann hat ihn irgendjemand draußen in Armainvilliers getötet. Dort hat man ihm die Diamanten und das viele Geld von uns und den anderen gestohlen, Herr Inspektor."

„Das wäre gut möglich, Monsieur Mestorino."

„Sehen Sie, Herr Inspektor."

„Leider wurde Monsieur Truphème nicht draußen in Armainvilliers getötet, Monsieur."

„Aber er wurde doch dort gefunden… Im Graben."

„Das schon, aber der Fundort ist nicht der Tatort. Monsieur Truphème wurde woanders getötet, und später nach Armainvilliers gebracht, wo man ihn wie einen Müllsack in einen Straßengraben warf und schließlich anzündete. Glücklicherweise war er mausetot, als ihn das Feuer auffraß."

„Das ist ja schrecklich, Herr Inspektor! Warum erzählen Sie uns immer wieder diese schaurigen Einzelheiten?", fragte Madame Mestorino entsetzt.

Massu ging nicht auf die Frage ein.

„Woher wissen Sie eigentlich, dass er neben Ihrem Geld noch weiteres Geld dabei hatte? Hat er Ihnen das gesagt, Monsieur Mestorino?"

Mestorino liefen kleine Schweißperlen von der Stirn.

„Ich weiß es nicht! Ich nehme es aber an. Gaston. hatte immer viel Geld bei sich."

„Ich verstehe… Nun, vielleicht hat es sich mit Tournan und Armainvilliers so zugetragen. Vielleicht war es am Ende aber auch ganz anders... Möchten Sie ein Glas Wasser? Sie sind ganz blass, Monsieur."

*

Durch die Dünnen Glasscheiben drangen leise sechs Glockenschläge der nahegelegenen Notre-Dame in Massus Büro. Er blickte auf seine Armbanduhr, stand auf und lächelte das Ehepaar Mestorino entschuldigend an.

„Es ist bereits 18 Uhr. Ich habe sie schon viel zu lange aufgehalten und möchte mich für Ihr Entgegenkommen herzlich bedanken. Sie haben mir sehr geholfen. Sie können jetzt gehen."

Charles Mestorino schaute Massu irritiert an.

110

„Aber… Gut… Ich bitte Sie, Herr Inspektor, das war unsere Bürgerpflicht. Meine Frau und ich stehen Ihnen auch in der nächsten Zeit jederzeit zur Verfügung."

„Ich werde vermutlich schon sehr bald darauf zurückkommen, Monsieur."

„Ich unternehme in der Zwischenzeit alles in meiner Macht stehende, was Ihnen hilft, den Schuldigen zu überführen."

„Das ist sehr freundlich von Ihnen, Monsieur. Ich möchte Sie jedoch höflich darum bitten, von eigenmächtigen Handlungen abzusehen. Überlassen Sie die Untersuchungen bitte ausschließlich der Polizei."

Mestorino zuckte ergeben mit den Schultern.

„Wie Sie meinen, Herr Inspektor. Dürfte ich Sie noch um einen kleinen Gefallen bitten?"

„Was kann ich für Sie tun, Monsieur Mestorino?"

„Ich würde gerne von Ihrem Büro aus meine Schwägerin anrufen, und Ihr sagen, dass wir in ein paar Minuten zurückkehren."

„Sicher."

Massu nahm den Hörer von der Gabel und rief die Vermittlung an. Er ließ eine Verbindung herstellen und rückte Charles Mestorino den klobigen Telefonapparat zurecht.

Das Gespräch dauerte nur wenige Sekunden. Danach streckte Mestorino dem Inspektor die Hand entgegen. Massu schüttelte sie mechanisch.

Mestorino rückte seinen Sessel nach hinten und verließ ohne ein weiteres Wort Massus Büro. Er ließ seine Frau verwirrt zurück. Der Hund schaute seinem Herrchen ebenso verwirrt hinterher und begann erneut zu knurren.

„Ihr Gatte ist sehr sprunghaft.", sagte Massu sanft lächelnd.

„Die Situation... Die viele Arbeit... So ist er manchmal, Herr Inspektor. Leben Sie wohl!"

„Auf ein kurzes Wort, Madame."

„Was wollen Sie denn noch?"

„Nun, ich weiß nicht recht, wie ich es Ihnen sagen soll.", stotterte Massu verlegen.

„Für gewöhnlich sind die Männer bei der Polizei nicht so verlegen, oder irre ich mich?"

„Für gewöhnlich geht man in der Öffentlichkeit auch davon aus, dass die Polizei jeden Fall blitzschnell aufklärt. In Wahrheit haben wir längst nicht immer Erfolg, Madame."

„Vor allem dann nicht, wenn man neu ist.", sagte Alice Mestorino sarkastisch.

„So neu bin ich nicht, Madame. Es ist nur mein erster Fall."

„Was wollen Sie von mir, Herr Inspektor?"

„Gaston Truphème war ihr Freund und ich bin untröstlich, Ihnen sagen zu müssen, dass wir nicht die geringste Ahnung haben, wer sein Mörder sein könnte."

„Das habe ich bemerkt."

„Im Augenblick ist alles möglich. Wir stehen noch am Anfang der Untersuchungen und da dachte ich... Nun, Ihr Mann gehört doch sicherlich der Gewerkschaft der Diamantenhändler an?"

„Ja, natürlich!"

„Wenn Ihr Mann sich bei Monsieur Hecht, dem Vorsitzenden der Gewerkschaft dafür einsetzen würde, dass ein Kopfgeld auf die Ergreifung des Täters ausgesetzt würde, könnte das unsere Erfolgsaussichten erheblich steigern. Es gibt immer jemanden, der einen kennt, der einen kennt… und dieser jemand braucht oft dringend Geld, Madame."

„Ich werde mit meinem Mann später darüber reden, Herr Inspektor. Sie können sich auf mich verlassen. Auf Wiedersehen."

„Guten Abend, Madame. Haben Sie vielen Dank für Ihre Unterstützung. Ich werde Inspektor Février holen. Er wird sie nach Hause bringen. Warten Sie bitte in der Eingangshalle auf ihn."

Madame Mestorino nickte. Sie winkte Massu im Weggehen aufgesetzt freundlich zu. Dann schritt sie mit äußerst aufreizender Eleganz die Treppe hinunter, um ihrem längst davon geeilten Mann zu folgen.

Massu blickte Alice Mestorino kopfschüttelnd hinterher und bemerkte Février erst, als dieser neben ihm wie ein Droschkenkutscher anerkennend mit der Zunge schnalzte.

„Massu, Massu, Massu… Du hast es faustdick hinter den Ohren. Weiß deine Frau davon?", fragte er breit grinsend.

„Wenn hier gleich einer etwas faustdick hinter seinen Ohren hat, dann bist du es! Was willst du von mir, Février?"

„Ich hab' das eben gehört… Was bezweckst du mit deiner Bitte an Madame Mestorino?"

„Ich will wissen, wie weit Charles Mestorino geht. Wenn er der Mörder ist, wird er auf meine Bitte vielleicht nicht eingehen und sich irgendwie komisch verhalten."

„Er wird darauf eingehen, Massu!", unterbrach Février den Inspektor kopfschüttelnd. „Ganz gleich, ob er tatsächlich der Mörder ist, oder nicht. Der Mann ist aalglatt."

„Irgendwo muss ich ansetzen, Février."

„Sicher… Und die Kleine mag dich immerhin, Massu!"

„Aber ich mag die Kleine nicht, wie du die liebreizende Madame Mestorino nennst. Und Ihren werten Gatten kann ich auch nicht leiden! Der hat ein römisches Profil vom Feinsten… Hast du diesen Zinken gesehen?"

„Die Nase macht ihn natürlich mehr als verdächtig, Massu."

„Pah!", schnaubte Massu. „Ich habe zwar noch keinen einzigen Beweis, aber ich traue ihm und seiner Gattin nicht über den Weg. Mein Bauchgefühl und meine grünen Glückssessel irren sich nicht."

„Deine grünen Glückssessel?", fragte Février erstaunt.

„Ja, die Sessel, die in meinem Büro stehen. In denen hat schon so mancher seine Verbrechen gestanden."

„Ja, die Sessel…"

„Lass' mich in Ruhe, Février. Sieh' lieber zu, dass du den Beiden schleunigst folgst und sie wohlbehalten zu Hause ablieferst."

„Jawohl, Chef!"

„Bevor ich es vergesse. Wenn du wieder hier bist, brauche ich ein oder zwei Bier und ein paar Sandwiches. Gehst du nachher was mit mir trinken?"

„Sicher! Bis später, Massu."

*

Die Glocke von Notre-Dame schlug 20 Uhr. Ein frischer Wind fegte um die Hausecke und wurde sofort verwirbelt. Kleine Papierfetzen drehten sich am Boden im Kreis, bevor sie angehoben und davon getragen wurden.

Massu schlug den Kragen seines Mantels hoch und wandte sich nach rechts. Er schlenderte vom ausgestorbenen Quai des Orfèvres in Richtung Place Dauphine. Nach wenigen Metern bog er nach rechts in die kurze Rue de Harlay ein und folgte der Straße bis zur Ecke Quai de l'Horloge, wo sich die *Brasserie Dauphine* auf der linken Seite befand.

Der Inspektor betrat den gut gefüllten Schankraum und sah sich um. Février hatte es sich an der kleinen Zinktheke bequem gemacht, die sich unter der Last unzähliger Sandwiches bog.

„Hier bin ich!", rief er. „Schön, dass du auch endlich kommst, Massu!"

„Ich musste ich mich erst bei meiner Frau abmelden."

„Ja, die Arme. Immer muss sie auf dich warten.
Richte ihr nachher bitte Grüße von mir aus... Was
kannst du empfehlen?"

„Dass du dich später bei deiner Ehefrau auch
immer abmelden solltest und ihr hin und wieder
einen Strauß Rosen mitbringst."

„Ja, vielleicht. Falls ich jemals heiraten sollte...
Also, was kannst du mir denn nun empfehlen?
Was soll ich essen?"

„Du hast die falsche Einstellung, Février. So be-
kommst du nie eine Frau, für die du nicht stun-
denweise bezahlen musst!"

„Elender Schuft!"

Massu winkte ab.

„Nimm zwei Sandwiches und das Sauerkraut.
Wenn du dazu noch zwei oder drei frische Biere
trinkst, findet dieser Tag einen guten Abschluss."

Février grinste breit und Massu bestellte beim
vierschrötigen Wirt zwei Portionen Kraut, vier
gewaltige Schinken-Sandwiches und zwei Bier.
Février schaute sich um.

„Ich weiß gar nicht, was du immer hast, Massu.
So übel ist der Laden doch gar nicht. Warum hast
du am Mittwoch in Armainvilliers so über unsere
gute *Brasserie Dauphine* gelästert?"

„Habe ich das getan? Das habe ich doch gar
nicht."

„Doch, ich hatte schon irgendwie den Eindruck,
dass du..."

„Der Laden ist durchaus ein Geheimtipp, Février. Und genau das soll er auch bleiben. Das 1. Arrondissement hat sonst nichts weiter zu bieten… außer uns Flics. Aber zu viele Touristen will ich hier andererseits auch nicht sehen."

„Du versaust dem Wirt das Geschäft."

„Ja, ich weiß. Und wenn der Wirt davon Wind bekommt, muss ich ab sofort für mein Essen und mein Bier selbst bezahlen."

„Wie bitte? Du zahlst hier nicht? Aber das ist doch verboten!", entsetzte sich Février ernsthaft.

„Papperlapapp! Hier sitzen überall bestechliche Flics, Anwälte und Richter herum. Für die ist das ganz normal."

„Ja, aber…"

„Mein Privileg, nicht bezahlen zu müssen, ist jedoch völlig anders begründet. Ich habe dem Kerl hinter der Theke damals im Krieg einen verdammt großen Gefallen getan, für den er mir bis ans Lebensende etwas schuldet! Ich bin hier immer eingeladen."

Der Wirt bemerkte, dass Massu von ihm sprach und starrte mit skeptischem Blick in dessen Richtung. Er kam näher und warf sich provokativ das Geschirrhandtuch über die Schulter.

„Was lästerst du wieder, Georges?", fragte er mit tiefer Stimme.

„Schon gut, mein Lieber! Ich rühme gerade deine großzügige Gastfreundschaft, Fernand… Mach' deine Arbeit und lass uns Bullen in Ruhe unser Essen genießen."

Der Wirt kniff die Augen zusammen, trollte sich aber wieder.

„Ah, so ist das also. Ich dachte schon…"

„Lass' das Denken, Février. Zuviel Denken bringt nichts ein. Das habe ich vorhin bei Monsieur Mestorino am eigenen Leib zu spüren bekommen."

„Wie das?"

„Ich habe zu Beginn des Gesprächs in die falsche Richtung gedacht. Jetzt weiß ich es besser."

„Was weißt du besser?"

„Ich bin mittlerweile zu einem völlig anderen Ergebnis gekommen."

„Lässt du mich an deinem großen Erfolg teilhaben? Was hast du herausgefunden?"

„Ich muss die Frau finden, Février!"

„Welche Frau, Massu?"

„Na, die Frau eben! Es geht immer um Frauen, Février! Die holden Damen haben schon ganze Weltreiche ins Verderben gestürzt..."

Kapitel 11

Mittwoch, 07. März 1928; 09:00 Uhr
Quai des Orfèvres Nummer 36, Île de la Cité

Auf Massus Schreibtisch lagen kreuz und quer ausgebreitet verschiedene Tageszeitungen, deren Titelseiten voll waren vom Mordfall Truphème.

„Grauenhafter Mord an jungem Diamantenhändler", stand in einigen Blättern oder *„Das Geheimnis von Armainvilliers"*. Andere Gazetten schrieben einfach vom *„Tod im Wald"* oder seriöser vom *„Mord an Diamantenhändler – Quais des Orfèvres ermittelt"*. Andere stichelten *„Noch keine heiße Spur im Fall Truphème"* und *„Kommissar Guillaume gibt Fall Truphème ab – Junger Inspektor überfordert?"*

Massu nahm eine dieser kritischen Zeitungen vom Tisch, knüllte sie zusammen und warf sie wütend in den Papierkorb neben seinem Schreibtisch. Ein Briefumschlag, der unter der Zeitung gelegen hatte, kam zum Vorschein.

Der Inspektor nahm den Briefumschlag in die Hand. Er öffnete das Kuvert, nahm das Briefpapier heraus und las den Inhalt. Danach schüttelte er genervt den Kopf und legte den Brief offen vor sich hin. In diesem Augenblick betrat Février den Raum.

„Was liest du da, Massu?"

„Den üblichen Schund.", brummte Massu

„Zeig mal her!"

Février nahm den Brief und las ihn laut vor.

„Gestern Morgen saß ich in der Métro. Ich saß in der zweiten Klasse..."

„Da sitzen die Arbeiter für gewöhnlich immer, Février..."

„Vor mir las ein Arbeiter in einer Zeitung über den Fall Truphème...

„Natürlich las der Mann im *Paris-Midi,* in dem die Arbeiter für gewöhnlich immer lesen..."

„Unterbrich' mich nicht dauernd! *Hinter dem Arbeiter stand ein großer Mann...*"

„Da stehen sie für gewöhnlich immer, oder?"

„Vermutlich... *Er war dünn und hatte einen schwarzen Schnurrbart. Plötzlich zitterten die Hände des Mannes und er wurde furchtbar blass...*"

„Das könnte Georges Simenon nicht besser schreiben, Février..."

„Er ist an der Station Cité ausgestiegen. Dort werden Sie den Mörder finden..."

„Ja, ganz gewiss werde ich das!"

„So humorlos kenne ich dich gar nicht, Massu."

„Seit dem Tod von Gaston Truphème ist bereits mehr als eine Woche vergangen und ich habe noch immer keine heiße Spur, Février. Das ist los!", keifte Massu.

„Du weißt mittlerweile immerhin, dass Gaston Truphème wertvollen Schmuck und viel Geld bei sich trug. Außerdem wurden an der Straße zwischen Choisy-Cossigny und Brie-Comte-Robert vier Benzinkanister gefunden und…"

„Ja, und ich weiß, dass der Fundort nicht der Tatort ist und jemand den bedauernswerten Truphème nach dessen Tod im Straßengraben abgelegt und angezündet hat, um die Spuren seiner frevelhaften Tat zu beseitigen."

„Na, also, Massu."

„Aber genau dieser Jemand fehlt mir noch, Février. Ich weiß zwar, wo die Tat nicht begangen wurde, aber ich weiß noch immer nicht, wo Truphèmes Leben ein Ende gesetzt wurde und von wem es beendet wurde!"

„Dann halte dich doch endlich an die vielen anonymen Briefe, anstatt sie in den Papierkorb zu werfen!"

„Ja, sicher."

„Oder lies die Tageszeitungen ausführlich! Die Schreiber wissen nämlich längst, wer der Mörder ist."

„Ganz bestimmt."

„Die Presse schreibt, dass Gaston Truphème Hobbymusiker war und vermutlich von seinen dubiosen Musikerfreunden überfallen, ausgeraubt und schließlich ermordet wurde. Was sagst du nun, Massu?"

„Um Truphèmes Musikerfreunde zu beschuldigen, muss man kein besonders großes Schreibgenie sein, Février. Interessanter wäre es, wenn mir einer dieser Nachwuchsreporter einen konkreten Namen des Angreifers oder der Angreiferin nennen könnte. Das wäre mal was wirklich Neues."

„Glaubst du denn auch, dass der Mörder im Kreis von Truphèmes Freunden zu suchen ist?"

„Natürlich nicht! Das ist völlig abwegig! Gewöhnliche Banditen hätten sich nach dem Überfall nicht die Mühe gemacht, ihr Opfer zu verbrennen. Truphème wäre von denen schlichtweg in die Seine geworfen worden... Nein, Février, da wollte jemand auf Nummer Sicher gehen."

„Du denkst ausnahmslos an Charles Mestorino, oder?"

„Ja, denn er war der erste Termin auf Monsieur Truphèmes Liste und er wusste somit auch, was der Freund der Familie am letzten Montag an Werten bei sich trug."

„Dass du dich da mal nicht verrennst, Massu."

„Das ist mein Problem! Ich muss endlich die Frau finden!"

„Welche Frau willst du finden?"

„Die Frau, wegen der Monsieur Truphème ermordet wurde."

„Wie bitte?"

„Ich denke in eine ganz bestimmte Richtung, Février... Die meisten Verbrechen werden aus Leidenschaft begangen. Finde ich also die Frau, habe ich auch Truphèmes Mörder im Sack."

„Oder die Mörderin, Massu."

„Ja, alles ist möglich, mein Lieber. Allerdings morden Frauen in der Regel nicht so brutal."

„Extrovertierte Frauen vielleicht doch. Was uns wieder zur Musikszene bringt… Musiker und Tänzerinnen sind oft arme Schlucker und eine enge Freundin von Truphème weiß mit Sicherheit, mit welchen Werten ihr Geliebter hauptberuflich umgeht."

„Das Elend findet die Armut, hat mir Simenon einmal gesagt. Aber nein, mein Lieber! Monsieur Truphème besuchte zwar tatsächlich hin und wieder heruntergekommene Bars am Place Blanche, in der Rue Lafayette und draußen am Stadtrand in Versailles, in Choisy-le-Roi und in Saint-Cloud und sogar weit ab in Vichy…"

„Aber?"

„Ich war mittlerweile in allen Schuppen, in denen Truphème gespielt hat. Fehlanzeige! Absolut nichts! Er hat dort zwar häufig musiziert, aber wenig geredet. Lediglich in einer Bar namens *Le Semaphore* in der Rue Lafayette machte er keine Musik. Dort spielte er von Zeit zu Zeit Belote."

„Vielleicht ist ihm beim Kartenspielen was entfleucht, was ihm letztlich den Tod gebracht hat?"

„Das war auch meine Hoffnung, aber Truphème ist dort schon seit Wochen nicht mehr aufgetaucht."

„Mist! Konntest du wenigstens weitere Zeugen für den Zeitraum von Montag bis Mittwoch auftreiben?"

„Bis jetzt nicht. Nur der junge Lucien Heuillard, der Schlachterlehrling aus Chevry-Cossigny, kam vor ein paar Tagen noch einmal zu mir. Er will sich nunmehr an einen jungen Mann erinnern, der allein im Auto saß, schwarz gekleidet war und einen braunen Schnurrbart trug."

„Ach, du liebe Güte! Das passt auf mindestens die Hälfte der männlichen Bevölkerung von Paris, Massu."

„Ja, die Beschreibung passt sogar auf dich, Février. Wo warst du eigentlich am vergangenen Montag so zwischen..."

„Sehr witzig, Massu!"

„Scherz beiseite... Es war ziemlich dunkel im Wald, um nicht das Wort Nacht zu gebrauchen. Der Kleine hätte da draußen im Wald nicht einmal seine eigene Mutter erkannt, geschweige denn die Farbe eines Autos. Seine Aussage hilft nicht wirklich weiter, aber ich muss nehmen, was kommt."

„Und der Kommissar?"

„Guillaume weiß im Augenblick auch nicht weiter. Er hat das Ehepaar Mestorino aus lauter Verzweiflung gestern nochmals als Zeugen geladen und in sein Büro bringen lassen. Außer einer Beschwerde von Mestorinos Anwalt Raymond-Hubert brachten die Befragungen erneut nichts ein. Mestorino ist auf dem Papier eindeutig unschuldig."

„Ich mag mich bei dir ja durchaus unbeliebt machen, Massu, aber könnte es sein, dass der Juwelier tatsächlich unschuldig ist?"

„Das ist möglich, aber das Papier kann sich auch irren. Ich bin mir jedenfalls sehr sicher, dass Guillaume und ich dem Mörder von Gaston Truphème bereits gegenüber saßen.", knurrte Massu.

„Charles Mestorino ist aber keine Frau, Massu. Du suchst doch eine Frau, oder nicht?"

„Ich suche eine Frau, die mich zum Mörder führt. Ich sagte nicht, dass ich eine Mörderin suche… Charles Mestorino ist mit einer schönen Frau verheiratet, die ihm durchaus nicht immer treu war. Monsieur Mestorino hatte da bereits so seine Erfahrung mit ihr. Kaum war er nämlich im Krieg, verheiratete sich sein heißgeliebter Schwarm mit einem alten Brasilianer… Außerdem gibt es da noch eine junge Schwägerin."

„Sehr gewagte Theorie, Massu."

„Kein Stück! Achtzig Prozent der Mordopfer sind mit ihrem Mörder bekannt. Daher bin ich mir sicher, dass auch Gaston Truphème seinen Mörder kannte. Ich bin mir sogar sicher, dass Truphème seinen Mörder sehr gut kannte."

„Woher nimmst du die Gewissheit?"

„Mougel und du… Ihr habt in der Nähe von Truphèmes verbrannter Leiche dessen Mantel gefunden, richtig?"

„Das stimmt. Der Mantel war nur ein wenig angebrannt, aber sonst gut in Schuss. Warum fragst du? Was sollte uns das zur Verbindung zwischen Mörder und Opfer sagen?"

„Monsieur Truphème kann sich, auch wenn ihm in der brenzligen Situation noch so warm war, den Mantel nicht selbst ausgezogen haben. Er war bereits mausetot."

„Sein Mörder hat das für ihn getan."

„So ist es! Doktor Paul hat am Innenfutter des Mantels Blut von Truphème gefunden. Monsieur Truphème war also tatsächlich in seinen Mantel eingewickelt gewesen.

Der Mörder warf ihn mit dem Mantel in den Graben und setzte ihn in Brand. Kurz nach dem Anzünden riss er den Mantel jedoch wieder von ihm weg und warf das gute Stück ein paar Meter weiter in den Wald, wo ihr es dann gefunden habt. Was sagt dir das, Février?"

„Das sagt mir absolut nichts, Massu."

„Der Mörder wusste, dass uns das edle Kleidungsstück in die Lage versetzen würde, das Opfer zu identifizieren. Hätte er den Mantel im Feuer gelassen, wäre das Beweisstück vermutlich völlig verbrannt."

„Wo bitte ist da der tiefere Sinn, Massu? Warum hat der Täter den Mantel nicht verbrennen lassen? Der Mörder hätte doch ein gefährliches Beweismittel weniger gehabt."

„So denkst du, aber der der Täter nicht. Statt den Mantel verbrennen zu lassen oder mitzunehmen und anderweitig verschwinden zu lassen, hat er ihn absichtlich an Ort und Stelle gelassen. Und er hat sogar noch etwas anderes im Graben zurück gelassen."

„Die Waage!"

„Genau, die Gendarmerie aus Tournan hat im Graben eine Diamantenwaage mit Truphèmes Initialen gefunden und zu allem Überfluss steckten Truphèmes Ausweispapiere in der Hose."

„Willst du damit andeuten, dass uns der Mörder die Identifizierung seines Opfers ermöglichen wollte? Aber der Diamantenkoffer ist verschwunden!"

„Vergiss' den Koffer! Der schwimmt mitsamt dem Schmuck bereits im Ärmelkanal oder liegt irgendwo am Grund der Seine. Wir haben es hier mit einem vorgetäuschten Raub zu tun. Der Mörder wollte, dass wir das Opfer identifizieren können."

„Von solch einer dämlichen Handlung habe ich noch nie gehört, Massu!", schnaubte Février.

„Das ging mir anfangs auch so, bis mich gestern Morgen Doktor Paul anrief. Der Doktor hat gute Verbindungen zu Scotland Yard in London.

Dort kennt man so etwas durchaus. Es handelt sich um eine äußerst seltsame und seltene Handlung. Sie kommt vor allem bei Morden unter Familienangehörigen oder Freunden und guten Bekannten vor, die dem Opfer einen Rest Würde lassen wollen."

„Der Mörder hat also einen kapitalen Fehler gemacht."

„Ja, aber ich muss das dem Mörder nachweisen. Und dazu brauche ich diese unbekannte Frau…"

Kapitel 12

Mittwoch, 07. März 1928; 17:00 Uhr
Quai des Orfèvres Nummer 36, Île de la Cité

Inspektor Gabrielli stürzte ohne anzuklopfen in Massus Büro. Der ließ vor Schreck das Stück Holz fallen, das er gerade in seinen Kanonenofen stecken wollte.

„Himmelherrgott nochmal, Gabrielli!"

„Gut, dass Sie noch im Haus sind! Ich habe Neuigkeiten im Fall Truphème für Sie, Massu!", rief Gabrielli völlig außer Atem.

„Das ist gut für mich und gut für Monsieur Truphème."

„Ich hatte eben einen Anruf von Bastin. Der Erkennungsdienst konnte die Spur des unbekannten Wagens zurückverfolgen."

„Wirklich?", rief Massu hoch erfreut.

„Ja, aus Bastin wird mal ein ganz Großer, Massu. Der Gute ist letzten Mittwoch tatsächlich auf dem Bauch durch den Schlamm gekrochen und hat wie ein Indianer auf dem Kriegspfad sämtliche Reifenspuren verfolgt."

„Sie wollen mich auf den Arm nehmen, oder?"

„Nein, Bastin hat sich sämtliche Reifen der Fahrzeuge angeschaut, die am Fundort von Truphèmes

Leiche herumstanden und hat sie mit den Spuren im Schlamm verglichen. Ein Abdruck passte nicht zu den anwesenden Wagen und dieser Spur ist er nachgegangen, oder besser nachgekrochen."

„Kaum zu glauben!"

„Bastin hat sich danach geduldig auf die Suche nach weiteren Zeugen gemacht, die den Wagen möglicherweise gesehen haben. Und er hat Ihren Wagen gefunden, Massu!"

„Wir haben den Wagen?

„Ähm, nein... Bastin hat das Auto leider nicht gefunden, aber er hat eine heiße Spur zu ihm. Einen Kilometer vor Brie-Comte-Robert musste der gesuchte Wagen am frühen Morgen vermutlich vor einem Baum stoppen, der die Straße blockierte.

Ein Arbeiter, der diesen Baum gerade beseitigte, kann sich zwar an den Wagen erinnern, aber leider nicht mehr an die genaue Uhrzeit. Er sagt, dass es sehr früh und sehr dunkel war."

„Verdammt! Hat denn heutzutage kein Mensch eine funktionierende Armbanduhr?", schnaubte Massu aufgebracht. „Charles Mestorino hat nicht auf die Uhr gesehen und seine Schwägerin auch nur flüchtig."

„Nun, die Dinger sind teuer, Massu... Also, der Bauarbeiter hat einen Mann mit einer schwarzen Jacke hinter dem Steuer eines milchkaffeegelben Wagens gesehen."

„Er hat in der Dunkelheit die Farbe des Wagens erkannt?

„Ja, das behauptet der Mann zumindest."

„Das ist zwar nicht viel, aber wenn es stimmt, bestätigt es immerhin die Aussage des kleinen Lucien."

„Es wird noch besser, Massu. In Meaux sah ein Mechaniker nämlich ebenfalls unser gesuchtes Auto.", sagte Gabrielli.

„In Meaux? Zwischen dem Fundort der Leiche und Meaux liegen rund 40 Kilometer, Gabrielli! Meaux liegt außerdem in der völlig falschen Richtung. Das passt überhaupt nicht ins Bild."

„Das passt nur deshalb nicht in Ihr Bild, Massu, weil Sie den Mörder nach wie vor hartnäckig in Paris wähnen."

„Ich wähne den Mörder von Gaston Truphème hartnäckig in Paris, weil er aus Paris kommt, Gabrielli!"

„Wie dem auch sei, Massu, der besagte Mechaniker in Meaux sah am Mittwochvormittag vor seiner Werkstatt einen schwarzgekleideten Mann neben einem milchkaffeegelben Wagen stehen.

Neben dem Fahrer stand eine Frau, die sich von Kopf bis Fuß in einen großen braunen Mantel gehüllt hatte. Auf dem Rücksitz stapelten sich Decken und undefinierbare Bündel und der Fahrer fragte den Mechaniker nach dem kürzesten Weg nach Paris."

„Ein milchkaffeefarbener Wagen… Zwei Personen… Hm… Und die Beiden hatten sich verfahren, sagen Sie?"

„Ja, das sagte ich. Sie haben vielleicht doch Recht damit, dass Mörder aus Paris kommt."

„Ja, sicher, aber was suchten die Personen in Meaux?"

„Genau dasselbe hat der Mechaniker den Mann auch gefragt und als Grund gab der Fahrer an, nicht durch Claye nach Paris fahren zu wollen."

„Das wäre aber der direkte Weg nach Paris gewesen."

„Auch das hat der Mechaniker dem Fahrer gesagt. Daraufhin erklärte ihm der Fahrer verlegen, dass er nicht wirklich nach Paris wolle, sondern vielmehr nach Montreuil."

„Moment, jetzt wird es komplett verwirrend. Wohin wollten die Beiden denn nun? Nach Paris oder nach Montreuil?"

„Nach Montreuil und danach auf dem kürzesten Weg zurück nach Paris."

„Moment! In Montreuil wohnen Monsieur Truphèmes Eltern, oder etwa nicht!"

„Ja, das sagte ich Ihnen vor ein paar Tagen bereits."

„Ja, schon gut, Gabrielli. Ich erinnere mich."

„Also, der Fahrer unterhielt sich mit dem Mechaniker über Montreuil als Fahrtziel, als sich plötzlich die verhüllte Begleiterin einmischte. Sie unterbrach ihren Begleiter und sagte dem Mechaniker, dass ihr Ziel nicht direkt Montreuil sei, sondern ein Vorort."

„Lieber Gott, Gabrielli! Und wenn Sie nicht gestorben sind, irren sie noch immer durch den Großraum von Paris."

„Vermutlich, Massu."

„Ich frage mich seit ein paar Minuten, ob das alles nur ein blöder Zufall ist, Gabrielli? Vielleicht haben die beiden Unbekannten rein gar nichts mit dem Tod von Monsieur Truphème zu tun. Wenn aber doch, frage ich mich, was die Beiden im Wohnort von dessen Eltern gewollt haben?"

„Mich dürfen Sie das nicht fragen, Massu. Sie leiten die Ermittlungen in diesem Fall... Übrigens, sagt Ihnen eine Bar namens *Le Semaphore* etwas?"

„Ja, ich kenne eine Bar dieses Namens. Die Kaschemme befindet sich in der Rue Lafayette. Einer der Läden, in denen Truphème Saxofon gespielt hat, richtig?"

„Ja und nein. Den Laden in der Rue Lafayette meine ich nicht. Ich meine einen Schuppen gleichen Namens in Versailles."

„Was? Draußen in Versailles?"

„Ja, am Freitagabend, zwei Tage vor Gaston Truphèmes Verschwinden, wurden dort gegen halb neun vier Männer gesehen. Zwei Tänzerinnen, die leider mehr mit üppigen Formen als mit üppigem Köpfchen aufwarten, haben sich aufgrund eines Artikels im *Paris-Midi* bei uns gemeldet."

„Und?", schnaubte Massu.

„Die Mädchen behaupten, dass an jenem Freitagabend vier Männer mit einem Auto aus Paris vorgefahren kamen. Der Wagen sei eine milchkaffeegelbe Limousine mit vier Sitzen gewesen. Da sind sich die Damen sicher."

„Die Sicherheit können Sie getrost vergessen! Das ist mir viel zu vage, Gabrielli."

„Sie sollten nichts unversucht lassen, Massu. Und etwas Abwechslung in diesem Fall kann Ihnen auch nicht schaden. Viel Spaß in Versailles. Die Mädchen vom Lande sind eine wahre Augenweide…"

Kapitel 13

Freitag, 09. März 1928; 08:30 Uhr
Quai des Orfèvres Nummer 36, Île de la Cité

M assu saß zerknirscht dreinblickend im Büro seines Chefs. Guillaume rauchte bereits seine sechste Zigarette in Folge. Der Kommissar war gereizt.

„Herrjeh, Massu, was wollten Sie um Gottes Willen in Versailles? Noch dazu mit dem Taxi? Wollten Sie mit der Verschwendung von Steuergeldern auf Nummer sicher gehen?", fragte er kopfschüttelnd.

„Ich wollte nichts unversucht lassen, Chef.", antwortete Massu kleinlaut.

„Immerhin wissen Sie nun, wie Sie mit dem Taxi nach Versailles kommen. Konnten Sie dort wenigstens etwas erfahren?"

„Nun, die beiden Mädchen heißen Claudine und Florentine. Beide sind gut gebaut, blond, mittelgroß, haben zarte Nasen und schön geformte, Lippen und ovale Gesichter."

„Was soll das, Massu? Wollen Sie mich ärgern? Mir ist ganz und gar nicht zum Scherzen zumute!"

„Verzeihung… Nun, die Mädchen haben Monsieur Truphème anhand eines Fotos erkannt. Florentine, die übrigens die Hübschere von den beiden Mädchen ist, sagte mir, dass die vier Herren nicht lange geblieben wären. Sie hätten ein wenig mit ihnen geplaudert und eine Flasche Champagner springen lassen. Vor allem der junge Mann auf dem Bild sei sehr nett zu ihr gewesen."

„Das ist doch was. Dann hat sich Ihre Lustreise also doch gelohnt?", fragte Guillaume erwartungsvoll.

„Da war zudem ein Großer mit braunen Haaren und einem schwarzen Schnurrbart.", fuhr Massu unbeirrt fort. „Der Andere trug selbstverständlich eine Hornbrille und an den Dritten kann sie sich leider nicht mehr erinnern."

„Ach, du lieber Himmel! Sie haben das Geld für das Taxi tatsächlich zum Fenster hinausgeworfen!"

„Ja, das habe ich! Die Mädchen haben gelogen, was das Zeug hielt! Gaston Truphème war zu Lebzeiten mit Sicherheit kein Heiliger, auch wenn uns derzeit ein anderes Bild von ihm vermittelt wird. Er war aber sicherlich auch kein heimlicher Herumtreiber, der als Diamantenhändler von tadellosem Ruf gut gebaute und blondierte Mädchen vom Lande an einem Freitagabend mit überteuertem Champagner aushielt."

„Sie sollten sich endlich ausschließlich auf die Suche nach dem Wagen konzentrieren, Massu."

„Das mit dem verdammten Wagen ist aber wie mit der Personenbeschreibung des mutmaßlichen Mörders, Chef. Das Auto verändert sich ständig!"

„Wie soll ich das verstehen, Massu?"

„Jeder will diese vermaledeite Karre irgendwo gesehen haben. Selbst aus Lyon, Marseille und Nizza erreichen mich seit letzter Woche Anrufe von Zeugen."

„Ich kann durchaus nachvollziehen, dass die Leute schnelle Erfolge sehen wollen. Der Ruf der Polizei ist momentan nicht der Beste. Aber sowas Verrücktes...". seufzte Guillaume und stieß eine gewaltige Rauchwolke aus.

„Sogar die Farbe hat sich in der Zwischenzeit mehrfach geändert. Ein Bauer aus Ozoir-la-Ferriere hat sich gestern Nachmittag gemeldet. Er will am Mittwoch gegen acht Uhr morgens ein blaues Auto mit zwei Personen gesehen haben. Es soll sich dabei um einen Fiat 514 Torpedo mit geschlossenem Verdeck gehandelt haben."

„Ach, das ist doch zum Verrückt werden! Was ist mit den Benzinkanistern?"

„Ich konnte bislang noch nicht herausfinden, wo die Kanister gekauft wurden, Chef."

„Finden Sie die Garage, dann sind Sie dem Mörder dicht auf den Fersen."

„Besser wäre es, wenn ich endlich die Frau finden würde.", murmelte Massu.

„Was sagten Sie, Massu? Welche Frau? Wie kommen Sie auf eine Frau? Haben Sie eine Verdächtige? Was hat eine Frau mit den Benzinkanistern zu tun?"

„Sehr viele Fragen auf einmal, Chef… Nein, die Frau ist keine Verdächtige. Es ist nur so, dass... Also, die meisten Verbrechen werden wegen einer Frau begangen. Die Antike ist voll mit solchen Geschichten. Wenn ich erst die Frau habe, werde ich sehr schnell auch das Motiv und den Mörder von Gaston Truphème haben."

„Sie lesen eindeutig zu viele Krimis, Massu. Sie sollten sich von diesem Simenon fernhalten."

„Das dürfte nicht einfach werden, Chef. Simenon hat sehr gute Kontakte zu Xavier Guichard und somit zu gesamten Police Judiciaire."

„Das ist schlecht, wo Guichard hier doch zukünftig die Zügel in der Hand halten wird."

„Eben! Ich höre übrigens auch zu viele Vorträge von Doktor Paul, Chef. Soll ich mich in Zukunft auch von ihm fernhalten?"

„Reden Sie kein dummes Zeug, Massu! Ich…"

Der Kommissar kam nicht mehr dazu, seinen Satz zu beenden. Es klopfte energisch an der Tür und Inspektor Gabrielli steckte seinen Kopf herein.

„Was gibt es, Gabrielli?", rief Guillaume zornig.

„Ich suche Massu, Chef... Ah, da ist er ja!", stotterte Gabrielli.

„Was ist los? Haben Sie was für mich, Gabrielli?", fragte Massu erwartungsvoll.

„Ich hatte gerade einen Anruf aus Brie-Comte-Robert. Ein gewisser Monsieur Izerat aus der Rue de Paris Nummer 76, hat am Morgen des 28. Februar Benzin verkauft... in Kanistern, Massu!"

„Am Dienstagmorgen, sagen Sie? Einen Tag nach Truphèmes Verschwinden?", rief Massu elektrisiert und sprang sofort auf.

„Ja, das sagt der Mann."

„Gut!", rief Massu und lief wie von der Tarantel gestochen aus dem Büro des Kommissars.

„Pardon, Chef! Ich muss weg! Ich bin in Brie-Comte-Robert!"

„Halt!", brüllte Gabrielli Massu hinterher. „Ich habe noch was für Sie!"

„Keine Zeit!", schrie Massu von der Treppe aus zurück.

„Dann eben nicht. Wenn Sie die Telefonnummer der Garage nicht haben wollen..."

„Rue de Paris Nummer 76... Brie-Comte-Robert… Monsieur Izerat... Ich habe längst, was ich brauche. Ich will da persönlich hin und nicht telefonieren."

Guillaume drückte seine Zigarette aus und grinste den verdutzt dreinblickenden Gabrielli an.

„Das Wort Geduld ist ein wahrer Schatz im Hause Massu, mein lieber Gabrielli..."

Kapitel 14

Freitag, 09. März 1928; 10:30 Uhr
Rue de Paris Nummer 76, Brie-Comte-Robert

Vor Massu stand ein kleiner drahtiger Mann in einem blauen Arbeitsanzug und mit ölverschmierten Händen, der sich alle paar Sekunden verlegen am rechten Ohr kratzte.

„Es war am Dienstagmorgen, Herr Inspektor. Monsieur Demars, mein Mitarbeiter, kam um sieben zu mir, und sagte, dass jemand Benzin wünsche. Ich sagte ihm, der Kunde solle sich selbst an der Pumpe bedienen. Demars ging, kam aber kurz darauf zurück und sagte, dass der Kunde Benzin in Benzinkanistern wolle."

„Ist das ungewöhnlich, Monsieur Izerat?"

„Nun ja, ich habe noch nie Benzin in Kanistern verkauft. Seit ich meine Garage in Brie betreibe, ist das noch nicht vorgekommen."

„Warum nicht?"

„Ich weiß es nicht. Das will hier niemand haben."

„Wie sah der Kunde aus?"

„Ich kenne hier in der Gegend alle. Der Mann war aber kein Einheimischer. Er war etwa 35 Jahre alt, vielleicht auch etwas jünger oder ein wenig älter. Er war recht groß, hatte braune Haare und einen Schnurrbart und eine markante Nase."

„Das passt! Mestorino ist 33 Jahre alt. Das wäre zu schön, um wahr zu sein.", murmelte Massu.

„Wie bitte?"

„Ach, nichts… Hatte der Mann eine Nase des Typs römische Münze, Monsieur Izerat?"

„Ich verstehe nicht, Herr Inspektor."

„Ich meine das Profil des Mannes. Hätte es gut auf eine alte römische Münze gepasst?"

„Wenn Sie den Zinken meinen... Ja, der ist mir aufgefallen. Der Mann hätte ein Römer sein können."

„Danke, Monsieur. Der Mann hatte einen braunen Schnurrbart, sagen Sie?"

„ Ja, der Bart war braun."

„Was hatte der Mann an? Können Sie sich daran erinnern?"

„Ich habe ein hervorragendes Gedächtnis, Herr Inspektor. Der Mann trug einen grauen Gabardinemantel. Er hatte den Kragen hochgeschlagen und zitterte ein wenig. Es war sehr kalt am Dienstagmorgen. Erst wollte er zehn Liter von mir, dann fünfzehn Liter und schließlich tankte ich ihm 20 Liter in vier Kanister. Das machte 40 Francs für den Sprit und 8 Francs für die Kanister."

„Gab er Ihnen Kleingeld, Monsieur Izerat?"

„Nein, er gab mir einen 50 Francs Schein und während ich das Wechselgeld holte, schleppte er die vier Kanister zu seinem Auto."

„Er schleppte die Kanister persönlich? Warum nicht Sie?"

„Keine Ahnung. Als ich wieder raus kam, war er fertig mit dem Einladen."

„Wo stand der Wagen, Monsieur?"

Der Mechaniker deutete mit dem Zeigefinger hinter Massu.

„Der Wagen stand etwa 30 Meter von hier entfernt. Dort hinten bei der Hecke."

Massu drehte sich um.

„Von der Straße aus ist ein Wagen, der dort parkt, nicht zu sehen, oder?"

„Nein, Herr Inspektor."

„Was war das für ein Wagen, Monsieur Izerat?"

„Die Farbe und die Marke weiß ich nicht mehr. Aber es war eine schnittige Limousine und der Kunde fuhr in Richtung Coubert davon."

„Die Farbe würde mir sehr helfen, Monsieur Izerat."

„Ich weiß es leider nicht mehr. Ich glaube, der Wagen war dunkel. Vielleicht war er aber auch hell, mit dunklen Kotflügeln. Daran kann ich mich komischerweise nicht mehr erinnern, obwohl ich das als Mechaniker eigentlich sollte."

„Das ist sehr schade, Monsieur Izerat."

„Ich habe mir aber die Nummer gemerkt. Würde Ihnen das helfen?"

„Sie haben sich die Nummer gemerkt? Das ist ja hervorragend!", rief Massu und riss vor Freude die Augen auf.

„Das ist eine dumme Angewohnheit von mir. Es war eine Nummer aus Paris. Es war die *1228-U-6* oder die *1228-U-8*. Die letzte Ziffer war nicht gut zu erkennen. Das Nummernschild war verschmutzt."

„Das war überhaupt nicht dumm, Monsieur."

*

Massu saß an seinem Schreibtisch. In der rechten Hand hielt er den Telefonhörer, in der linken Hand seine qualmende Pfeife. Er hatte den 23 jährigen Daniel Bastin von der Spurensicherung an der Strippe.

„Hören Sie, Inspektor. Ich habe die Nummern überprüft. Die Nummer *1228-U-6* gehört zu einem grünen Lieferwagen und das Ding ist alles andere als schnittig."

„Verdammt! Und die andere Nummer?"

„Die *1228-U-8* steckt an einem Citroën 11 DS, bei dem es sich ebenfalls um alles andere als eine schnittige Limousine handelt. Der Wagen ist ebenfalls grün. Beide Wagen stehen übrigens seit Wochen fahrunfähig in einer Werkstatt in der Rue Blottière im 14. Arrondissement."

„Nochmal verdammt! Danke, Bastin. Bis bald."

Massu beendete das Gespräch mit einem kurzen Druck auf die Gabel. Er behielt den Hörer aber in der Hand, weil ihm soeben eine Idee gekommen war. Massu drückte die Gabel mehrfach hintereinander herunter, um die Telefonzentrale zu erreichen.

„Verbinden Sie mich mit der Garage von Monsieur Izerat in Brie-Comte-Robert. Danke."

Es dauerte eine halbe Minute, bevor der Besitzer der Garage abhob. Massu legte sofort los.

„Salut, Monsieur Izerat. Hier ist Inspektor Massu aus Paris. Sie erinnern sich?"

„Ja, natürlich!"

„Das ist gut… Ich habe die Nummern überprüfen lassen. Leider Fehlanzeige!"

„Das ist bedauerlich, Herr Inspektor."

„Ja, leider! Sind Sie sich bei den Nummern auch wirklich ganz sicher, Monsieur Izerat? Sie sagten mir, dass das Nummernschild verschmutzt gewesen sei."

„Die Nummer war ganz sicher die *2128-U-6* oder die *2128-U-8*, Herr Inspektor."

„Moment! Sie sagten mir, es sei die *1228-U-6* oder die *1228-U-8*."

„Ach, herrjeh! Das kommt von der Aufregung, Herr Inspektor. Ich habe die ersten beiden Zahlen vertauscht!"

„Vielen Dank, Monsieur Izerat. Ich werde das sofort prüfen lassen."

Massu rief erneut die Spurensicherung an.

„Nochmal von vorn, Bastin! Zahlendreher! Die Nummern lauten *2128-U-6* oder *2128-U-8*."

„Ich kümmere mich sofort darum, Herr Inspektor. Ich gebe die neuen Nummern sofort zur Überprüfung weiter. In ein paar Minuten wissen Sie mehr."

*

Das Telefon klingelte. Massu hob sofort ab.

„Und?", fragte er nervös.

„Nun, die Nummer *2128-U-6* gibt es nicht, Massu."

„Ich werde verrückt!", schrie Massu aufgebracht.

„Nein, nicht nötig, Massu… Die Nummer *2128-U-8* gibt es nämlich sehr wohl. Sie gehört zu einem Auto, das einem gewissen Monsieur Charles Mestorino aus der Rue Saint-Augustin Nummer 29 gehört."

„Was? Widerholen Sie das!"

„Kennen Sie den Mann, Herr Inspektor?"

„Und ob! Ich könnte Sie knutschen, Bastin."

„Sind Sie noch ansteckend?"

„Nein."

„Wir lassen das doch lieber bleiben, Herr Inspektor. Es muss auch so gehen. Danke für Ihr Angebot."

„Bis dann, Bastin. Sie haben was gut bei mir."

Massu ließ den Hörer langsam auf die Gabel sinken. Er war zum ersten Mal in diesem Fall mit sich und der Welt vollkommen in Einklang...

Kapitel 15

Freitag, 09. März 1928; 16:00 Uhr
Rue Saint-Augustin Nummer 29;
2. Arrondissement

Der Inspektor fuhr mit dem Bus in die Rue Saint-Augustin. Er betrat das elegante Haus und spazierte wortlos an der Loge der Concierge vorbei.

Massu hielt ihr im Vorbeigehen lediglich seinen Ausweis unter die Nase. Die Frau warf einen flüchtigen Blick auf das Dokument und für Massu hatte lediglich sie einen herablassenden Blick übrig.

Massu stieg die ausgetretenen Holzstufen hinauf. In der 5. Etage begegnete ihm eine junge und ausgesprochen hübsche Frau, die nach unten wollte.

Der Inspektor trat galant zur Seite. Die Frau lächelte ihm scheu zu und verschwand blitzschnell aus Massus Blickfeld. Er beugte sich schnell über das Geländer, bekam jedoch nur noch die behandschuhten Hände der jungen Frau zu sehen.

„Na, wenn das eben nicht Mademoiselle Charnaux war... Wirklich ein hübsches Ding. Da muss ich Gabrielli ausnahmsweise zustimmen.", murmelte er breit grinsend.

Im sechsten Stock angekommen, nahm Massu seinen Notizblock aus der Tasche und klingelte. Charles Mestorino öffnete keine zehn Sekunden später breit lächelnd die Tür.

„Hast du etwas vergessen, meine Liebe... liebe Suzanne?"

„Guten Tag, Monsieur. Bitte entschuldigen Sie die Störung.", sagte Massu sanft.

Charles Mestorinos Lächeln erstarb augenblicklich.

„Sie? Was wollen Sie denn hier?", blaffte der Juwelier.

„Ich bin untröstlich, Monsieur Mestorino, aber ich habe ein paar Fragen an Sie."

„Ich habe keine Zeit für Ihre dummen Fragen."

„Für gewöhnlich gibt es keine dummen Fragen... Ich habe sogar eine äußerst einfache Frage, deren Beantwortung Ihnen keine Probleme bereiten dürfte: Gehört Ihnen ein Wagen mit dem Nummernschild 2128-U-8?"

„Warum wollen Sie das wissen, Herr Inspektor?"

„Ich frage Sie das, weil ein Wagen mit diesem Nummernschild auf Ihren Namen zugelassen ist und dieser Wagen am vergangenen Dienstag, also am 28. Februar, in einer Garage in Brie-Comte-Robert gesehen wurde."

„Wo soll mein Wagen gewesen sein? In Brie-Comte-Robert?"

„So ist es, Monsieur. Ein gewisser Monsieur Izerat aus der dortigen Rue de Paris Nummer 76 sagt,

146

er habe Ihnen dort am Morgen des 28. Februar Benzin in Kanistern verkauft. Ist das richtig?"

„Ich war noch nie in meinem Leben in Brie-Comte-Robert!"

„Das dachte ich mir, Monsieur Mestorino. Es ist mir auch peinlich, dass ich Ihnen diese Fragen stellen muss."

„So, müssen Sie das?"

„Bitte haben Sie Verständnis dafür, dass ich jeder Spur nachgehen muss, auch wenn sie noch so unwahrscheinlich ist."

„Verständnis? Ich soll Verständnis für Sie haben? Im Leben nicht, Herr Inspektor! Hören Sie endlich auf mit dem Theater! Was soll diese Schmierenkomödie?"

„Ich weiß nicht, was Sie meinen. Ich..."

„Hören Sie auf, Herr Inspektor! Vor ein paar Tagen laden Sie mich und meine Frau vor, um uns peinliche Fragen zu stellen. Dann macht Ihr Chef, der große Kommissar Guillaume, ein paar Tage später noch einmal das gleiche Spiel mit uns."

„Das sind keine Spielchen. Sie sind ein wichtiger Zeuge und…"

„Sie stellen mir immer wieder Fragen zum Verschwinden meines ermordeten Freundes, als würden Sie mich für seinen Mörder halten. Haben Sie denn gar keinen Anstand?", brüllte Mestorino aufgebracht.

„Ich kann Ihren Unmut verstehen, Monsieur, aber..."

„Sie verstehen mich? Sie verstehen gar nichts! Anstatt unbescholtene Bürger zu belästigen, sollten Sie der Öffentlichkeit lieber endlich den Mörder von Gaston Truphème präsentieren!"

„Genau das versuche ich gerade, Monsieur.", brummte Massu ärgerlich. „Ich arbeite mit Hochdruck an der Aufklärung des Falles. Ich will Sie im Grunde nicht belästigen, Monsieur. Allerdings waren Sie vermutlich der letzte, der Monsieur Truphème lebend gesehen hat... außer der Mörder natürlich."

„Und Sie halten mich für den Mörder, oder wie darf ich Ihre freche Anspielung verstehen?"

„Ich muss jeder Spur nachgehen, Monsieur Mestorino."

„Was haben Sie gegen mich? Mögen Sie keine vermögenden Juweliere? Haben Sie etwas gegen wohlhabende Einwohner dieser Stadt? Sind Sie gar Anarchist, Inspektor Massu? Das könnte Ihnen Ihren Aufstieg bei der Polizei versauen!"

„Drohen Sie mir, Monsieur Mestorino?", fragte Massu scharf.

„Nein, ich mache Ihnen einen Vorschlag zur Güte. Sie belästigen mich zukünftig nicht weiter und ich werde hier und jetzt Ihre dummen Fragen beantworten."

„Ich werde mich bemühen, Monsieur Mestorino."

„Gut, mein Auto hat die von Ihnen genannte Nummer! Aber der Wagen war am Montag und am Dienstag auf gar keinen Fall in Brie-Comte-Robert."

„Nicht?"

„Nein, mein Auto konnte an diesen Tagen nirgendwohin fahren. Es war nämlich in der Werkstatt. Dort wurden die Bremsen repariert. Das können Sie gerne überprüfen. Gehen Sie in die in die Rue Thérèse. Das ist nicht weit von hier. Dort finden Sie die Garage Robert."

Massu nickte und steckte seinen Notizblock in die Tasche.

„Ich kann mich nur wiederholen, Monsieur. Ich habe mir bereits gedacht, dass Sie und Ihr Wagen nichts mit der Sache zu tun haben. Ich wollte mir nur persönlich Sicherheit verschaffen. Es tut mir aufrichtig leid, Sie gestört zu haben. Haben Sie vielen Dank für Ihre Hilfe, Monsieur Mestorino."

Massu drehte sich auf dem Absatz um und verließ die Geschäftsräume des Juweliers.

„Ich werde meinen Anwalt über Ihr skandalöses Verhalten informieren, Herr Inspektor. Diese dummen Spielchen müssen ein für alle Mal aufhören. Sie ruinieren meinen guten Ruf!", brüllte Mestorino Massu hinterher. Dann knallte er die Tür zu. Massu blieb auf der Treppe stehen.

„Rufen Sie ihn ruhig an.", sagte er leise. „Sie werden Ihren Anwalt noch brauchen. Ab heute geht es nämlich erst richtig los."

*

In der ersten Etage begegnete Massu die junge Frau von vorhin. Er trat ihr unvermittelt in den Weg.

„Verzeihen Sie, Mademoiselle."

„Was wollen Sie von mir?", fragte die junge Frau erschreckt.

„Sind Sie Mademoiselle Charnaux?"

„Sind Sie von der Zeitung?", antwortete die junge Frau ängstlich.

„Nein, ich bin Inspektor Massu von der mobilen Kriminalbrigade. Ich hätte Sie gerne kurz gesprochen."

„Sie sind das! Sie wollen mitten auf der Treppe mit mir reden?"

„Wir müssen selbstverständlich nicht hier reden. Ich bin auf dem Weg zum Quai des Orfèvres. Sie können mir gerne ins Büro folgen, wenn Ihnen das lieber ist."

„Ich habe Ihnen nichts zu sagen, Herr Inspektor!", keifte Suzanne Charnaux.

„Früher oder später werden Sie mit mir reden müssen.", gab Massu sanft zurück.

„Dann möchte ich lieber später mit Ihnen reden, Herr Inspektor."

„Das steht Ihnen frei. Ich werde Ihnen eine Vorladung zustellen lassen. Au revoir, Mademoiselle.", sagte Massu und machte Anstalten, seinen Weg nach unten fortzusetzen.

„Warten Sie! Bin ich eine Verdächtige?", rief Sie Massu hinterher.

Massu blieb stehen und drehte sich um.

„Wie ich bereits Ihrem Schwager und Ihrer Schwester sagte, ist zu diesem Zeitpunkt meiner Untersuchung jeder verdächtig, Mademoiselle."

„Ich verstehe… Dann laden Sie mich bitte vor, Herr Inspektor!"

Massu nickte bedächtig und seufzte.

„Ich hatte gehofft, Ihnen eine offizielle Vorladung ersparen zu können… Wenn die Presse davon erfährt, dass ich Sie… Nun, es ist Ihre Entscheidung. Außerdem werde nicht ich Sie vernehmen können."

„Nicht Sie?"

„Nein, ich werde seit Tagen eine schlimme Erkältung nicht mehr los, die ich mir in diesem feuchten Graben in Armainvilliers zugezogen habe… Ich werde also Kommissar Guillaume bitten, in den nächsten Tagen mit Ihnen zu plaudern."

In Mademoiselle Charnauxs Gesicht begann es zu zucken.

„Oh, das ist aber… Also gut, was wollen Sie von mir wissen?"

Massu lächelte freundlich.

„Ich danke Ihnen für Ihr Entgegenkommen, Mademoiselle. Wo und wann haben Sie Gaston Truphème das letzte Mal getroffen?"

„Das war hier, in den Räumen meines Schwagers."

„Sind Sie sich da ganz sicher?"

„Ja! Ich werde doch wohl noch wissen, wann und wo ich jemanden getroffen habe!"

„Natürlich werden Sie das... Und wann war das?"

„Am Montag... Am 27. Februar."

„Wann genau?"

„Das war so gegen halb elf am Vormittag."

„Und dann?"

„Was dann, Herr Inspektor?"

„Was taten Sie nach der Begrüßung?"

„Danach bin ich nach hinten zu unseren Angestellten gegangen."

„Was haben Monsieur Truphème und Ihr Schwager getan, Mademoiselle?"

„Die Männer sind in das Büro meines Schwagers gegangen und haben sich dort unterhalten."

„Worüber?"

„Das weiß ich nicht! Ich war bei den Angestellten! Und es geht mich auch nichts an! Mehr habe ich Ihnen nicht zu sagen, Herr Inspektor. Guten Tag!"

„Guten Tag, Mademoiselle.", sagte Massu. Er drehte sich um, und setzte seinen Weg fort. Mitten im Gehen fiel ihm noch etwas ein. Er hielt in der Bewegung inne und drehte sich erneut zu der jungen Frau um „Sind Sie verliebt, Mademoiselle?"

Suzanne Charnaux zuckte zusammen.

„Was soll diese Frage, Herr Inspektor? Ich bin... Ich war bis vor kurzem verheiratet! Ich bin geschieden!"

„Eine Scheidung ist kein Grund, um unglücklich zu sein, Mademoiselle. Man darf sogar verliebt sein. Geht das Verliebt sein allerdings der Scheidung voran, dann... Nun, das geht mich nichts an."

„Sie sind unverschämt, Herr Inspektor."

„Ich wollte Sie keinesfalls kränken, Mademoiselle. Es war nur so ein dummer Frühlingsgedanke von mir."

„Sie werden es im Polizeidienst nicht weit bringen, Herr Inspektor. Dieser Fall wird ganz sicher ihr erster und letzter Fall sein."

„Das hat meine Frau heute Morgen auch gesagt und meine Frau irrt sich selten. So wie auch ich mich selten irre, Mademoiselle Charnaux..."

Kapitel 16

Freitag, 09. März 1928; 18:30 Uhr
Quai des Orfèvres Nummer 36, Île de la Cité

Massu stand mit dem Rücken zum Fenster und schaute Février missmutig an.

„Es ist zum Haare raufen! Ich kann Charles Mestorino der Öffentlichkeit noch immer nicht als Hauptverdächtigen präsentieren."

„Aber das Nummernschild... Das spricht doch eindeutig gegen ihn. Reicht das immer noch nicht?"

„Nein, Février, das reicht nicht! Die Autonummer gehört zwar nachweislich zum Wagen von Charles Mestorino und sein Wagen ist tatsächlich ein milchkaffeegelber Citroën 10 CV, aber die Personenbeschreibung des Fahrers passt nicht."

„Was stimmt denn nicht, Massu?"

„Die Zeugen beschreiben den Fahrer übereinstimmend als recht groß. Charles Mestorino misst jedoch nur knapp 1,70 Meter, und das ist nun wirklich nicht groß, oder?"

„Für mich schon, wenn du so fragst. Ich bin nur 1,62 Meter groß. Gegen mich wirkt Charles Mestorino nahezu wie ein Riese."

„Monsieur Izaret, der den Fahrer als Einziger aus nächster Nähe gesehen hat, sagt außerdem, der Mann hätte einen Schnurrbart getragen. Charles Mestorino hat jedoch keinen Bart."

„Das will ebenfalls nichts heißen, Massu. Einen Bart kann man sich jederzeit wachsen lassen und auch wieder abrasieren. Man kann sich einen Bart sogar kaufen und ankleben."

„Nein!", sagte Massu energisch. Mestorinos Gesicht ist seit Jahren glatt wie ein Kinderpopo. Dafür gibt es Zeugen und jede Menge Pressefotos."

„Das spricht umso mehr dafür, dass er sich einen Bart angeklebt hat."

„Schon möglich, aber ich kann ihm das nicht nachweisen. Genauso wenig kann ich beweisen, dass er es war, der in Brie Comte-Robert Benzin gekauft hat, ob mit echtem oder mit angeklebtem Schnurrbart. Ich kann ihm nicht nachweisen, dass er in diesem Kaff war."

„Aber sein Wagen war dort!"

„Tja, und genau diese Aussage von Monsieur Izaret wirft den größten Schatten auf meine Ermittlungen."

„Das verstehe ich nicht, Massu."

„Ich habe nach meinem Gespräch mit Monsieur Mestorino sofort die Garage Robert aufgesucht."

„Und?"

„Der Mechaniker hat Monsieur Mestorinos Aussage vollständig bestätigt. Der Mann musste auf meine Frage hin zwar kurz überlegen, aber dann hat er mir versichert, dass Charles Mestorinos Wagen bis Dienstagabend in seiner Werkstatt gewesen sei."

„Kann jemand den Wagen am sehr frühen Dienstagmorgen unbemerkt genommen und später wieder in der Werkstatt abgestellt haben, Massu?"

„Das habe ich den Mann auch gefragt, aber der Mechaniker hat das heftig bestritten. Ohne sein Wissen, würde kein Auto die Werkstatt verlassen können. Er wohne direkt über der Werkstatt und würde alles hören, was unten vor sich ginge. Außerdem hatte er das Auto wegen der Reparatur vollständig auseinandergenommen. Die Bremsen waren entfernt. Das Auto war demnach total unbrauchbar."

„Glaubst du dem Mann?"

„Das ist eine gute Frage."

„Und?"

„Ich weiß es nicht, mein Lieber. Ich habe ihn gefragt, ob er zufällig in den Kofferraum von Monsieur Mestorinos Wagen geschaut hätte."

„Was hat er geantwortet?"

„Der Mann fiel beinahe aus allen Wolken. Er sagte, dass sich sowas für einen guten Mechaniker nicht gehöre."

„Quatsch!", schnaubte Février. „Das weiß doch jedes Kind, wie neugierig Automechaniker von Natur aus sind. Vor allem dann, wenn sie es mit einem so noblen Wagen wie dem von Monsieur Mestorino zu tun haben."

„Das nützt mir im Augenblick nichts, Février. Vielleicht ändert der Mechaniker in der nächsten

Zeit seine Aussage, um nicht in Schwierigkeiten zu geraten. Im Moment stehe ich jedoch mit leeren Händen da."

„Und nun?"

„Jetzt brauche ich ein kleines Wunder.", sagte Massu und zuckte zusammen, als es an der Tür klopfte.

„Herein!"

Gabrielli betrat den Raum; mit einem nervösen Mann im Schlepptau.

„Darf ich den Herren Monsieur Darnay vorstellen? Monsieur Darnay ist der Bürgermeister von Châtres und hat uns etwas Wichtiges zu sagen."

Monsieur Darnay schaute sich nervös im Raum um. Er knetete dabei seinen Hut fast zu Tode.

„Bitte, Monsieur Darnay. Setzen Sie sich und erzählen Sie mir in Ruhe, was Sie auf dem Herzen haben.", sagte Massu.

Monsieur Darnay setzte sich zögerlich, und begann dann leise zu sprechen.

„Ich war am 28. Februar mit dem Auto auf dem Weg nach Brie-Comte-Robert. Um 7 Uhr in der Frühe bemerkte ich kurz vor Courquetain, ein Auto am Straßenrand. Der Fahrer machte sich am rechten Vorderreifen zu schaffen. Das Auto war eine ziemlich starke Citroën-Limousine."

„Konnten Sie die Farbe des Wagens erkennen, Monsieur Darnay?"

„Es war noch dunkel. Ich glaube, der Wagen war gelblich. Die Scheinwerfer waren vernickelt und glänzten. Ich glaube es war ein Citroën 10 CV."

„Können Sie mir den Fahrer beschreiben, Monsieur Darnay?"

„Nicht sehr gut, Herr Inspektor."

„Sagen Sie mir, an was Sie sich spontan erinnern können."

„Ähm, der Mann war vielleicht 25 oder 30 Jahre alt oder etwas älter. Er war etwa 1,70 Meter groß und er war verletzt."

„Er war verletzt?"

„Ja, als ich mit meinem Wagen auf seiner Höhe war, ist er mit dem Werkzeug abgerutscht und hat sich dabei verletzt. Zumindest hielt er sich plötzlich den Arm..."

„Hielten Sie an, um dem Mann zu helfen?"

„Ja... Nein... Also, ich wollte anhalten und dem Mann helfen, aber er gab mir energische Handzeichen, zu verschwinden."

„Trug der Mann einen Schnurrbart, Monsieur Darnay?"

„Ja."

„Können Sie sich noch an etwas anderes erinnern. Ist Ihnen vielleicht etwas Ungewöhnliches am Mann oder am Auto aufgefallen, Monsieur?"

„Nun ja, auf dem Rücksitz der Limousine habe ich ein großes Bündel gesehen. Vielleicht Decken oder Kissen oder so etwas. Ich dachte noch: Wer kutschiert in so einem edlen Wagen solche Sachen? Mehr weiß ich leider nicht."

„Das war sehr viel, Monsieur Darnay."

„Hoffentlich konnte ich Ihnen mit meiner Aussage helfen, Herr Inspektor."

„Sie haben mir sehr geholfen, Monsieur Darnay. Vielleicht sogar mehr, als Sie glauben..."

Kapitel 17

Samstag, 10. März 1928; 10:30 Uhr
Rue de la Bourse Nummer 11;
2. Arrondissement

E s war windig, es war kalt und es reg-
nete in Strömen. Ein Tag, wie ge-
schaffen für eine Beerdigung.

Scharen von Schaulustigen und neugierigen Re-
portern belagerten das Wohnhaus, in dem Gaston
Truphème bis vor wenigen Tagen gelebt hatte.

Vor der Tür hinderten ein paar Uniformierte un-
geladene Gäste und Vertreter der Presse daran,
dass Treppenhaus zu betreten. Massu trat an einen
der Uniformierten heran, wies sich aus und wurde
sofort in das Gebäude gelassen.

Er stieg die enge Treppe in den zweiten Stock
hinauf, in dem sich die kleine Wohnung des Ermordeten befand. Die ganze Zeit über tönte *Mus-
krat Ramble* von Kid Ory in der Version von Louis
Armstrong and his Hot Five durch das Treppenhaus.

Der Inspektor blieb vor der offenen Wohnungs-
tür stehen und lauschte der fröhlichen Melodie, die
so gar nicht zu der Situation passte.

„Musiker!", sagte er kopfschüttelnd und betrat den engen Flur der kleinen Wohnung. Er schaute in die kleine Küche, in sich eine Handvoll junger Musiker zusammendrängten und das beschwingte Jazzstück zum Besten gaben.

Massu bahnte sich seinen Weg durch die Besucher und ging ins Schlafzimmer, wo Truphèmes Sarg aufgrund der räumlichen Enge mehr stand als lag. Er schaute sich suchend um und tippte schließlich einer jungen Frau auf die Schulter.

„Wo sind die Eltern des Verstorbenen? Ich würde ihnen gerne meine Aufwartung machen."

Die Frau schüttelte den Kopf.

„Hier sind nur wir. Das sind wir dem armen Gaston schuldig. Er war schließlich einer von uns."

Massu nickte. Er bekreuzigte sich vor dem Sarg und verließ kurz darauf die überfüllte Wohnung wieder.

*

Die Trauergesellschaft kam in der kleinen Kapelle des Friedhofs von Bagneux zusammen. Es goss noch immer wie aus Eimern.

Vor der Kirche, auf dem kleinen Gräberfeld, hatte sich eine riesige Menschenmenge eingefunden, die in ebenso riesigen Pfützen der Trauerfeier lauschte, die über Lautsprecher nach draußen übertragen wurde. Massu hielt sich im Hintergrund.

Als der schlichte Sarg mit dem Ermordeten aus der Kapelle getragen wurde, folgten ihm hunderte von neugierigen Menschen.

Überall in der Menschenmenge wurde geschnieft, was nicht nur mit der echten oder gespielten Trauer zusammenhing, sondern durchaus auch wetterbedingt war. Massu beobachtete von der Ferne aus argwöhnisch das Ehepaar Mestorino.

Charles Mestorino stand dicht bei Gaston Truphèmes Vater. Alice Mestorino stützte Gaston Truphèmes Mutter. Zwischen den beiden Eheleuten stand Suzanne Charnaux. Ihr Blick ruhte unablässig auf Charles Mestorino.

Als der blumengeschmückte Sarg nach einer kurzen Rede des Pfarrers langsam in die feuchte Erde abgesenkt wurde, kam Bewegung in die Trauergesellschaft.

In diesem Moment brach nämlich Gaston Truphèmes Vater schluchzend zusammen. Charles Mestorino griff ihm geistesgegenwärtig unter die Arme. Er zog den alten Herrn mit Hilfe von Suzanne Charnaux langsam wieder auf die Beine.

Sofort setzte ein nicht enden wollendes Blitzlichtgewitter der anwesenden Fotografen ein und in genau diesem Augenblick stürzten sich auch Suzanne Charnaux und ihre Schwester Alice Mestorino förmlich auf Gaston Truphèmes schluchzende Mutter.

Charles Mestorino umarmte indes den weinenden Vater. Die drei Frauen umarmten sich ebenfalls und begannen hemmungslos zu weinen.

Massu wendete den Blick von der grotesken Szene ab. Er schlug den Mantelkragen hoch und verließ angewidert den Friedhof. Am Tor begegnete ihm Simenon.

„Salut, Maigret...", sagte Simenon ungewöhnlich ernst.

„Salut, Simenon.", gab Massu ebenso ernst zurück

„Können Sie sich das schlechte Schauspiel nicht mehr länger mit anschauen?"

„Sie auch nicht?", fragte Massu.

„Doch, ich liebe das! Ich bin schließlich Reporter und Schriftsteller. Haben Sie das vergessen, Massu?"

„Wie könnte ich das vergessen, Simenon? Sie klauen für ihre Romane schließlich die Fälle der Kriminalbrigade."

„Ich meißele die heldenhaften Taten der Kriminalbrigade in Stein, Massu. Dazu bediene ich mich der Geschichten, die das Leben mir bereitwillig erzählt."

„Schön für Sie, Simenon... Und was erzählt Ihnen das Leben über die drei schluchzenden Mestorinos?"

„Die drei Mestorinos... Das haben Sie schön gesagt, Massu! Das klingt nach einer großen Zirkusfamilie. Das ist ganz großer Zirkus."

„Mehr erzählt Ihnen das Leben nicht? Das ist aber schwach, großer Schreiberling."

„Und der Grabstein fällt auf die Meute, lieber Massu…"

Massu nickte und ließ Simenon im Regen stehen.

*

Um halb drei am Nachmittag klopfte es an der Tür.

„Herein!", rief Massu schlecht gelaunt.

Der alte Ludovic betrat den Raum. Hinter ihm stolzierte eine hübsche und wohlproportionierte junge Frau mit blonden Haaren in Massus Büro.

„Besuch für Sie, Herr Inspektor. Die Dame hat Ihnen etwas Wichtiges zu sagen.", flüsterte Ludovic.

„Danke Ludovic... Guten Tag, Mademoiselle. Setzen Sie sich bitte."

Ludovic verbeugte sich, drehte sich um und verließ Massus Büro. Die junge Frau setzte sich zaghaft in den linken Sessel vor Massus Schreibtisch.

„Was führt Sie zu mir, Mademoiselle?"

„Mein Name ist Frescot, Danielle Frescot. Ich bin 28 Jahre alt und wohne in der Rue La Fontaine Nummer 4. Ich bin gekommen, um Ihnen ein Geheimnis zu verraten.", sagte die junge Frau schüchtern.

„Ein Geheimnis? Worum geht es denn, Mademoiselle?"

„Es geht um Gaston Truphème. Ich kannte ihn sehr gut."

Massu atmete tief ein.

„Hm… Wie gut kannten Sie ihn denn?", fragte er leicht genervt.

„Ich verstehe nicht, Herr Inspektor."

„In den letzten Tagen habe ich mehr als genug Leute kennengelernt, die Gaston Truphème allesamt gut gekannt haben wollen.", sagte Massu ehrlich.

„Ich verstehe... Bei mir ist das anders, Herr Inspektor. Ich traf Gaston vor ein paar Monaten in einem Club in der Rue Blanche. Er machte dort Musik."

„Hm.", brummte Massu.

„Er war ein sehr attraktiver Mann und sehr charmant."

„Ja, das glaube ich Ihnen aufs Wort."

„Wir waren zuerst nur gute Freunde, aber dann wurde mehr daraus. Wir erzählten uns alles, Herr Inspektor. Wir wurden ein Paar!"

„Sie waren ein Paar?", fragte Massu elektrisiert.

„Ja."

„Was erzählten sie sich denn so alles, Mademoiselle Frescot?"

„Vor ein paar Wochen schüttete Gaston mir sein Herz aus. Er sagte mir, dass er einen Mann kenne, der großen Einfluss auf sein Leben habe."

„Monsieur Truphème kannte in seinem Beruf viele Männer mit Einfluss, Mademoiselle Frescot. Das dürfte Ihnen aber sicher bekannt sein, wo Sie Monsieur Truphème selbst gut kannten."

„Ja, das ist mir durchaus bekannt, Herr Inspektor. Dieser Mann schien aber etwas ganz Besonderes für Gaston zu sein."

„Warum?"

„Nun, der Mann trachtete Gaston nach dem Leben!"

„Wie bitte?", fragte Massu und verschluckte sich.

„Gaston erzählte mir, dass dieser Mann ihn damals unterstützt habe, als er noch als kleiner Musiker durch die Stadt gezogen war. Damals, nach der Scheidung von seiner Tante. Der Mann habe ihm damals geholfen, als Diamantenhändler Fuß zu fassen."

Massu setzte sich kerzengerade auf. Er griff nach seiner erloschenen Pfeife und steckt sie, ohne sie anzuzünden, in den Mund.

„Wie heißt dieser Mann?", fragte er ohne Umschweife.

„Ich weiß den Namen des Mannes leider nicht mehr, Herr Inspektor. Ich weiß nur noch, dass Gaston mir sagte, dass er sich mit dem Mann immer in einem Hotel in der Rue de Montyon treffen würde, um Geschäfte abzuschließen."

„In der Rue de Montyon im Neunten? Nicht zufällig in der Rue Saint-Augustin im Zweiten?"

„Nein, die Straße kenne ich nicht. Gaston und dieser Mann trafen sich immer in einem kleinen Hotel in der Rue de Montyon im Neunten."

„Was geschah bei diesen Treffen, Mademoiselle? Hat Ihnen Monsieur Truphème auch davon erzählt? Ging es dabei nur um Geschäfte?"

„Um was soll es denn sonst gegangen sein, wenn nicht um Geschäfte, Herr Inspektor?"

„Nun, zwei Männer… Ein Hotel… Unzüchtige Handlungen vielleicht?"

„Wo denken Sie hin, Herr Inspektor!", sagte Mademoiselle Frescot entsetzt und schlug die Augen nieder.

Massu zündete seine Pfeife an.

„Ich denke in alle Richtungen, Mademoiselle."

„Wir waren ein Paar!"

„Ja, natürlich... Erzählen Sie bitte weiter."

„Gaston hatte die Nase voll von diesen Treffen."

„Hat Monsieur Truphème Ihnen das gesagt?"

„Nein, nicht direkt. Ich habe das aber in seinem Verhalten bemerkt. Anfang Februar schien Gaston nämlich plötzlich sehr beunruhigt zu sein. Ich fragte ihn, was los sei und er sagte mir, dass sich sein Freund sehr verändert habe."

„Inwiefern verändert, Mademoiselle?"

„Gaston sagte mir, dass sein Bekannter bei einem Geschäft viel Geld verloren habe, und ihm dafür die Schuld gab."

„Deshalb die Todesdrohungen?"

„Ja, dieser Mann wollte Gaston töten, Herr Inspektor!"

„Das hat Ihnen Gaston Truphème persönlich gesagt, oder haben Sie das auch aus seinem Verhalten geschlossen?"

„Nein, Herr Inspektor, das hat mir Gaston gesagt."

„Gut, wie wirkte Monsieur Truphème in letzter Zeit auf Sie, Mademoiselle?"

„In den letzten Wochen wirkte er unendlich müde und traurig, Herr Inspektor."

Massu lehnte sich zurück und schaute Mademoiselle Frescot tief in die Augen.

„Warum kommen Sie erst heute zu mir, Mademoiselle?"

Die junge Frau rutschte unruhig auf dem grünen Sessel hin und her.

„Ich hatte Angst, Sie mit meiner Geschichte zu langweilen."

„Hören Sie, Mademoiselle, ich leite die Ermittlungen in einem Mordfall. Kein wichtiger Zeuge kann mich mit bedeutenden Informationen langweilen... Und wenn Sie sich nicht wichtigmachen wollen, wie viele andere Menschen in der Stadt, sind Ihre Informationen bedeutend!"

„Ich will mich nicht wichtigmachen. Gaston Truphème und ich… Wir waren ein Paar.", schluchzte die junge Frau. „Sie müssen mir glauben."

„Ich glaube Ihnen das durchaus, Mademoiselle."

„Danke.", schniefte Mademoiselle Frescot. „Ich denke, dass dieser Mann etwas mit dem Tod von Gaston zu tun hat. Vielleicht ist er sogar der Mörder."

„Ja, vielleicht. Aber leider kann im Augenblick jeder der Mörder sein, Mademoiselle... Sie wissen den Namen des Mannes wirklich nicht mehr?"

„Gaston hat ihn mir genannt, aber ich..."

„Also kennen Sie ihn doch?"

„Ich habe ihn mir nicht gemerkt. Ich bin untröstlich, Herr Inspektor."

„Kennen Sie wenigstens den Namen des Hotels, in dem sich Monsieur Truphème und der Unbekannte regelmäßig trafen?"

„Leider nein, Herr Inspektor. Ich habe das Hotel aber einmal gesehen. Gaston hat es mir gezeigt. Ich weiß allerdings nur noch, dass es in der Rue de Monthyon war und dass es eine große Glastür und eine Treppe hatte."

„Ich werde das prüfen. Ich danke Ihnen einstweilen, Mademoiselle."

Massu stand auf und streckte Mademoiselle Frescot zum Abschied die Hand entgegen.

„Wir sind schon fertig? Sie haben keine weiteren Fragen an mich, Herr Inspektor?"

„Nein, im Augenblick nicht... Es ist Samstag und es ist schon spät. Meine Frau wartet seit Stunden mit der Suppe auf mich. Für heute lassen wir es daher gut sein. Ich würde Sie nur gerne bitte, Montagmorgen gegen neun Uhr noch einmal bei mir vorstellig zu werden. Ließe sich das einrichten, Mademoiselle?"

Die junge Frau griff zögerlich nach Massus Hand und nickte.

„Ja, natürlich, Herr Inspektor. Bis Montag."

Mademoiselle Frescot verließ Massus Büro. Massu ging zum Fenster. Er öffnete es und atmete die feuchte Luft tief ein.

„Ich habe Sie! Ich habe die Frau!", sagte er glücklich. „Vielleicht sogar die Richtige…"

Kapitel 18

Montag, 12. März 1928; 09:00 Uhr
Im 9. Arrondissement

M ademoiselle Frescot betrat Massus Büro. Noch bevor sie ihren Mantel ablegen konnte, nahm er sie bei der Hand und schob sie zurück in den Flur.

„Wir bleiben nicht hier, Mademoiselle Frescot. Folgen Sie mir bitte."

Mademoiselle Frescot schaute Massu verwirrt an. Er bugsierte sie an Ludovics Loge vorbei aus dem Gebäude. Vor der Tür wartete bereits ein kleiner Renault mit laufendem Motor. Inspektor Février saß am Steuer und lächelte Mademoiselle Frescot freundlich an.

„Guten Tag, Mademoiselle."

„Was haben Sie mit mir vor, Herr Inspektor? Wo fahren wir hin?", fragte sie und blickte Massu ängstlich an.

„Das ist Inspektor Février. Er ist der beste Fahrer der mobilen Kriminalbrigade. Wir wollen uns mit Ihnen ein wenig im 9. Arrondissement umschauen. Wenn es Ihnen recht ist?"

„Umschauen? Ich verstehe nicht."

„Das Hotel, von dem sie mir am Samstag erzählt haben, befindet sich in der Rue de Montyon und die Rue de Montyon befindet sich im 9. Arrondissement, richtig?"

„Ja, aber ich dachte, Sie wollten das überprüfen?"

„Genau das werde ich heute machen. Und zwar zusammen mit Ihnen und meinem Kollegen."

„Glauben Sie mir etwa nicht, Herr Inspektor?"

„Selbstverständlich glaube ich Ihnen, Mademoiselle Frescot. Ich brauche aber Ihre Mithilfe. Sie haben das Hotel schon einmal gesehen. Ich leider noch nicht."

„Ich verstehe. Ja, wenn das so ist…", sagte Mademoiselle Frescot aufatmend. „An mir soll es nicht scheitern."

„Das ist schön, Mademoiselle."

Massu gab Février ein Zeichen. Février nickte und lenkte den Wagen an der Pont Saint-Michel nach links auf den Boulevard du Palais und überquerte an der Pont au Change die Seine. Dann ging es von der Ile de la Cité in Richtung Norden. Am Place du Châtelet bog der Wagen nach links in die Rue de Rivoli ein. Wenige Augenblicke später folgte die Rue du Louvre, die Rue Montmartre, die Rue du Faubourg Montmartre und die Rue Geoffroy-Marie. Keine zehn Minuten später rollte der zivile Polizeiwagen nach rechts in die kleine Rue de Montyon ein. Sie waren am Ziel.

„Bitte etwas langsamer, Février... Können Sie sich an etwas erinnern, Mademoiselle Frescot?"

„Mir kommt überhaupt nichts bekannt vor, Herr Inspektor. Die Straße kommt mir fremd vor. Ist das wirklich die Rue de Montyon?"

„Das ist die Rue de Montyon."

„Das ist seltsam."

„Grämen Sie sich nicht, Mademoiselle. Die Stadt verändert ihr Gesicht nahezu täglich."

„Nein, das ist nicht das Problem. Ich war hier noch nicht. Ich habe das Hotel gesehen und Gaston hat mir damals gesagt, wir seien in der Rue de Montyon. Aber das hier ist nicht die Straße, die ich in Erinnerung habe... Ich bin verwirrt."

„Vielleicht liegt das Hotel in einer Parallelstraße. In der Rue Bergère vielleicht? Fahr' uns in die Rue Bergère, Février."

„Sehr gerne, die Herrschaften."

*

Sie fuhren bereits seit zwei Stunden durch das Viertel und es kam absolut nichts dabei heraus. Die junge Frau war den Tränen nahe.

„Ich kann mich einfach nicht erinnern, Herr Inspektor.", schluchzte sie.

„Das macht nichts.", sagte Massu tröstend, obwohl er das Gegenteil dachte.

„Ich möchte Ihnen so gerne helfen, den Mörder meines Freundes zu finden. Ich bin eine dumme Gans... Mir fällt der Name des Mannes und des Hotels nicht ein... Moment!"

„Was ist Ihnen gerade eingefallen?"

„Ich glaube, dass der Mann ein Ausländer ist."

Massu verschluckte sich und Février verzog vor Schreck das Lenkrad. Der Wagen schrammte am Bordstein entlang.

„Der Mann ist ein Ausländer?"

„Der Mann ist Italiener, Herr Inspektor."

Massu schaute nach vorne zu Février und Février suchte im Rückspiegel ebenfalls den Blick von Massu. Er hob die Augenbrauen, als ihre Blicke sich kreuzen.

„Der Mann ist Italiener, Mademoiselle?"

„Jetzt weiß ich es wieder! Ich glaube, dass der Mann Mescortino heißt!"

„Mescortino?"

„Ja, oder so ähnlich."

„Sie haben mir soeben sehr geholfen, Mademoiselle."

„Wirklich?"

„Oh, ja, das dürfen Sie mir glauben. Wir fahren wieder zurück. Wir sind hier fertig."

„Moment! Ich habe den Mann gesehen, Herr Inspektor!", rief Mademoiselle Frescot unvermittelt.

Février trat erschreckt auf die Bremse. Der Wagen kam mit quietschenden Reifen zum Stehen. Hinter ihnen fluchte ein Handwerker, der dem stehenden Auto ausweichen musste. Der Mann prallte mit seinem Fahrrad gegen den Bordstein. Er konnte es nicht halten und stürzte. Die Werkzeuge verteilten sich polternd und weiträumig auf der Straße.

„Sie haben den Mann gesehen, Mademoiselle?"

„Ja!"

„Gerade eben? Hier?"

„Aber nein, Herr Inspektor.", sagte die junge Frau. „Ich erinnerte mich nur gerade an eine merkwürdige Begebenheit. Ich traf Gaston einige Tage vor seinem Tod zufällig im Gare du Nord. Neben Gaston lief ein etwa 30 Jahre alter Mann. Der Mann war mittelgroß und schlank und hatte einen dunklen Teint."

„Trug der Mann einen Schnurrbart?"

„Nein."

Février fuhr wieder an, ohne sich um das Gezeter des gestürzten Mannes zu kümmern.

„Bitte erzählen Sie weiter, Mademoiselle:"

„Gaston wurde blass, als er mich erkannte. Er verabschiedete sich schnell von dem Mann und wir nahmen uns ein Taxi. Ich sah Gaston danach zum letzten Mal am 20. Februar. Am 24. Februar rief er mich an. Er wollte mit mir am Montag zu Mittag essen."

„Am Montag?"

„Ja, am Tag seines Verschwindens...", sagte die junge Frau und brach ab. Sie holte ein Taschentuch hervor und schnäuzte sich geräuschvoll.

„Wir waren für zwei Uhr zum Essen verabredet. Es sollte ein Abschiedsessen werden."

„Ein Abschiedsessen, Mademoiselle?"

„Ja, Gaston wollte Ende März nach Amsterdam gehen. Er sagte mir, dass er das eigentlich nicht wolle, aber er müsse hier in Paris für eine Weile alles hinter sich lassen."

„Nannte er Ihnen einen Grund dafür, Mademoiselle?"

„Nein, Herr Inspektor."

„Sie waren doch ein Liebespaar und da sagte er Ihnen nicht, warum er die Stadt für eine Weile verlassen wollte? Wollte er Sie mitnehmen?"

„Ich weiß es nicht. Er hat mir nichts gesagt."

„Wo trafen Sie sich am Montag zum Mittagessen?"

„Das ist es ja, was mich traurig macht. Wir trafen uns nicht mehr, Herr Kommissar. Gaston ist nicht gekommen."

*

Massu und Février saßen beim Mittagessen in der *Brasserie Dauphine*.

„Ich bin mir ganz sicher, dass Charles Mestorino der Mörder von Gaston Truphème ist.", sagte Massu mit vollem Mund.

„Und ich bin mittlerweile gewillt, dir zuzustimmen."

„Du bist gewillt, mit zuzustimmen? Aber du stimmst mir nicht zu?"

„Noch nicht ganz."

„Warum nicht?"

„Mademoiselle Frescot hat nicht den Namen Mestorino genannt, Massu."

„Das ist mir vollkommen egal! Die Kleine hat ein miserables Gedächtnis. Das ist ärgerlich, aber mir ist es egal! Mescortino oder Mestorino… Was macht das schon? Die Richtung stimmt."

„Das wird Mestorinos Anwalt vor Gericht ganz anders sehen, Massu."

„Pah!", schnaufte Massu.

„Gut, nehmen wir an, dass es sich bei diesem Mescortino in Wahrheit um Monsieur Mestorino handelt. Was lief da zwischen Truphème und Mestorino?"

„Diamantenschmuggel vielleicht? Oder andere krumme Dinger? Vielleicht unzüchtige Handlungen, Février?"

„Quatsch!"

„Wir sind in Paris. Hier ist alles möglich, Février!"

„Ist das nicht ein wenig weit hergeholt, Massu?"

„Vielleicht hast du Recht… Vielleicht ging es um Alice Mestorino oder um Suzanne Charnaux. Vielleicht wollte oder musste Monsieur Truphème wegen einer der beiden Frauen die Stadt verlassen."

„So kommst du nicht voran, Massu."

„Nein, die Spurenlage ist mehr als bescheiden. Jeder will irgendwo zwischen Marseille und Calais ein milchkaffeegelbes Auto gesehen haben. Der Fahrer dieses Zauberautos ist eine Kombination aus groß, klein, dünn oder dick. Außerdem trägt der Kerl einen Schnurrbart, dessen Farbe mit der Vorliebe des jeweiligen Zeugen wechselt und ist mal jung und mal alt und heißt Mescortino oder auch nicht."

„Verdammt! Aber mal eine andere Frage, die mich seit Tagen interessiert… Was hat eigentlich die toxikologische Untersuchung der Watte ergeben? Wurde Truphème betäubt?"

„Es gibt keinen Hinweis auf Chloroform oder ein anderes Narkosemittel. Truphème wurde vom Mörder heftig attackiert und ist nach den Schlägen am großen Blutverlust gestorben."

„Nicht erstickt?"

„Nein.", sagte Massu und sprang plötzlich unvermittelt auf. „ Moment! Ich muss mal schnell mit dem Chef telefonieren. Mir kommt da gerade eine Idee."

Massu rannte in den Keller der Brasserie. Dort befanden sich zwei Münztelefone. Er wählte die Nummer vom Quai des Orfèvres und ließ sich mit dem Kommissar verbinden.

„Hallo, Chef! Ich würde gerne den Kofferraum von Mestorinos Auto untersuchen lassen!"

„Wie bitte? Sind Sie wahnsinnig geworden, Massu? Charles Mestorino lässt seit Tagen keine Gelegenheit aus, sich über uns zu beschweren."

„Ich weiß.", sagte Massu leise.

„Auf welcher Grundlage soll ich beim Richter einen Durchsuchungsbefehl für den Wagen ausstellen lassen, Massu? Was soll ich Richter Lacroix sagen? Sie kennen den Mann. Der fordert Beweise."

„Ich habe seit heute Vormittag neue Indizien, die Mestorino belasten. Außerdem habe ich die Aussage von Monsieur Izerat."

„Ja, die Aussage haben Sie. Aber vielversprechend ist die nicht, oder?"

„Ich… Aber… Nun…", stotterte Massu

„Soll ich Ihr Gestotter dem Richter in genau dieser Form übermitteln, Massu? Ob Richter Lacroix das reicht? Was denken Sie?"

„Nein, natürlich nicht, Chef."

„Bleiben Sie wo Sie sind, Massu. Wo sind Sie eigentlich?"

„In der *Brasserie Dauphine*, Chef."

„Gut, ich gehe gleich zu Lacroix. In ein paar Minuten werden wir mehr wissen. Rufen Sie mich in zehn Minuten wieder an."

Massu blieb beim Telefon. Zehn Minuten später ließ er sich erneut mit Guillaume verbinden.

„Ich habe eine gute und eine schlechte Nachricht für Sie, Massu."

„Die schlechte Nachricht zuerst, Chef."

„Richter Lacroix hat die Aussage von Monsieur Izerat erwartungsgemäß nicht interessiert."

„Verstehe, Chef.", sagte Massu enttäuscht.

„Die gute Nachricht ist, dass Richter Lacroix der ausführlichen Durchsuchung des Wagens dennoch zugestimmt hat, weil ihn das arrogante Gehabe des Juweliers seit Tagen anwidert. Er will endlich Klarheit haben. An die Arbeit Massu! Kommen Sie her. Ich habe hier den Durchsuchungsbefehl vor mir liegen."

*

Um 18 Uhr klingelte das Telefon auf Massus Schreibtisch.

„Ja?"

Bastin war am Apparat.

„Der Kofferraum war leer, Herr Inspektor."

„Verdammt! Völlig leer?"

„Ja, der Kofferraum war völlig leer. Am Boden befand sich lediglich eine kleine Staubschicht."

„Verdammt!"

„Leider, Herr Inspektor."

„Danke, Bastin. Ich werde dann mal geduldig auf die Schelte von Monsieur Mestorino warten."

„Wird schon nicht so schlimm werden, oder?"

„Ich gebe den Fall besser ab. Nochmals vielen Dank, Bastin. Gute Arbeit."

Massu legte auf und starrte nachdenklich ins Leere. Die Verbindungstür öffnete sich leise und Guillaume betrat rauchend den Raum.

„Sie geben hier gar nichts ab, Massu.", sagte der Kommissar sanft.

„Wie meinen Sie das, Chef?"

„Von Aufgeben will ich nichts hören! Ich habe mich vorhin mit Guichard getroffen."

„Mit Xavier Guichard, Chef?"

„Ja, Guichard und ich kennen uns seit vielen Jahren. Er wird hier ab dem 5. April als Direktor das Zepter schwingen und hat mich vor ein paar Tagen darum gebeten, regelmäßig über den Fall Truphème informiert zu werden. Das habe ich vorhin getan und Guichard wollte sich unverzüglich bei Direktor Benoist für eine erneute Vernehmung Mestorinos einsetzen."

„Das... Das... Das ist...", stotterte Massu verwirrt.

„Sie sollen übrigens zu ihm kommen, Massu.", sagte Guillaume lachend.

„Zu Guichard?"

„Nein, zu Benoist natürlich! Noch ist der hier der Chef."

„Oh, danke."

„Sie sollen jetzt gleich zu Benoist kommen, Massu. Los, verschwinden Sie endlich!"

*

Massu saß in angespannter Haltung vor dem 65 jährigen André Albert Benoist, dem scheidenden Direktor der Police Judiciaire.

„Nun, Inspektor, Sie haben im Fall Gaston Truphème nicht viel gegen diesen Juwelier Charles Mestorino in der Hand, oder irre ich mich?", fragte Benoist mit dünner Stimme.

„Nein, Herr Direktor. Bislang haben wir leider nur mein Bauchgefühl." gab Massu beschämt zu.

„Grämen Sie sich nicht, Massu. Ich glaube an Ihr Bauchgefühl. Und Kommissar Guillaume und mein Nachfolger Guichard haben ebenfalls vollstes Vertrauen in Sie und Ihr Bauchgefühl."

„Bei allem Respekt, Herr Direktor. Ihr Vertrauen ehrt mich sehr, aber mein Bauchgefühl hilft uns in der Sache Truphème leider nicht weiter. Wir brauchen Beweise."

180

„Sagen Sie das nicht, Massu. Ohne das rechte Bauchgefühl kämen wir bei der Aufklärung eines Mordes niemals an die wichtigen Beweise."

„Ja, aber…"

„Kein Aber, Massu. Ich habe Kommissar Guillaume angewiesen, Charles Mestorino am kommenden Mittwochmorgen hier vorzuführen und ausführlich zu befragen. Sie werden dabei sein, wenn das geschieht und ich bin mir mehr als sicher, dass wir diesmal ein Geständnis von ihm bekommen."

„Wie Sie wünschen, Herr Direktor. Erlauben Sie mir dennoch den kleinen Einwand, dass Charles Mestorino keine Gelegenheit auslässt, die Kriminalbrigade in Verruf zu bringen und wenn wir diesmal erneut scheitern, wird er uns die Hölle heiß machen."

„Das weiß ich, Massu. Wenn wir erneut scheitern, ist unser Ruf in diesem Fall endgültig ruiniert! Daher dürfen und werden wir nicht scheitern! Ich mache Kommissar Guillaume und Sie dafür verantwortlich!"

„Ja, natürlich machen Sie das, Herr Direktor."

„Ruhig Blut, Massu. So weit wird es nicht kommen. Durchleuchten Sie bis Mittwochmorgen ausführlich Mestorinos Leben von seiner Geburt bis hin zum 27. Februar.

Sie werden ganz sicher genug Angriffspunkte finden, die Mestorinos Selbstbewusstsein früher oder später in seinen Grundfesten erschüttern wird. Finden Sie bis übermorgen heraus, wo Mestorinos schwache Stelle ist."

„Ich glaube, ich kenne die Schwache Stelle bereits. Es besteht eine merkwürdige Beziehung zwischen Mestorino und Truphème... Womöglich geht es da um eine intime Sache."

„Vielleicht ein wenig weit hergeholt, aber dennoch sehr gut für uns! Waschen Sie jede Menge schmutzige Wäsche... Machen Sie sich unverzüglich an die Arbeit, Massu."

Massu verließ das Büro des Direktors und ging zurück in sein Büro. Er stellte sich ans offene Fenster und atmete tief ein.

Im Licht einer Straßenlaterne sah er ein Liebespaar. Der Mann wirkte ein wenig älter als die Frau. Sie stieß ihren Begleiter sanft an und lachte danach kokett. Der Mann griff kurz darauf in seine Manteltasche und zog eine Geldbörse hervor. Er gab dem Mädchen einen Geldschein. Sie gab ihm im Gegenzug einen Kuss und tänzelte davon.

Massu kratzte sich nachdenklich am Kinn.

„Das ist es! Gaston Truphème und Suzanne Charnaux… Sie ist eigentlich die Frau, die ich suche!", rief Massu laut. „Ach, kann Liebe schön sein! Oder tödlich…"

Kapitel 19

Mittwoch, 14. März 1928; 09:00 Uhr
Quai des Orfèvres Nummer 36, Île de la Cité

Inspektor Février und Brigadier Mougel schoben Charles Mestorino mit sanftem Nachdruck in Kommissar Guillaumes Büro. Der Kommissar war nicht im Raum. Stattdessen erwartete Massu den sichtlich verärgerten Juwelier.

Charles Mestorino hatte die Augen zu kleinen Schlitzen zusammengepresst und schnaubte unablässig wie ein wilder Schimmel in der Camarque.

Der Juwelier ging aufrecht, trug einen grünen Gabardinemantel und hatte seine Hände tief in den Taschen vergraben. Mestorino war frisch rasiert und roch nach einem teuren Rasierwasser. Massu streckte ihm die Hand entgegen.

„Guten Tag, Monsieur Mestorino. Bitte setzen Sie sich.", sagte er freundlich.

Charles Mestorino ignorierte die ausgestreckte Hand des Inspektors.

„Was soll an diesem Tag gut sein, Herr Inspektor? Wo ist der Kommissar? Ich habe mit ihm ein ernstes Wort über Ihr ungebührliches Verhalten zu reden."

„Ich habe damit nichts zu tun, Monsieur Mestorino.“

„Ich möchte mit dem Kommissar reden.“

„Das trifft sich gut, denn Kommissar Guillaume möchte auch gerne mit Ihnen reden, Monsieur Mestorino. Leider ist er noch nicht vom Rapport beim Direktor zurück, dem Sie diese Vorladung übrigens zu verdanken haben. Setzen Sie sich bitte derweil... Möchten Sie ein Glas Wasser?“

„Ich werde mich nirgendwohin setzen und ich will auch kein Glas Wasser!“, schrie Mestorino aufgebracht. „Ich protestiere energisch gegen diese Art von Behandlung! Das wird für Sie ein übles Nachspiel haben, Herr Inspektor! Ihre Karriere können Sie vergessen. Falls Sie jemals einen Aufstieg bei der Polizei erwogen haben sollten.“

„Ich nehme Ihren Protest zur Kenntnis. Das ist Ihr gutes Recht, Monsieur Mestorino. Dennoch sollten Sie sich einstweilen setzen.“

„Ich werde nicht länger hier verweilen. Meine Zeit ist kostbar!“

In diesem Augenblick betrat Kommissar Guillaume den Raum. Charles Mestorino bemerkte davon nichts. Er war in seiner Wut einzig auf Massu fixiert.

„Man kann nie wirklich wissen, wie lange man in den Räumen der mobilen Kriminalbrigade verweilt, Monsieur Mestorino.“, sagte Guillaume laut und deutlich. „Mal geht es schnell, ein anderes Mal leider nicht. Und in Ihrem Fall gehe ich von einem längeren Aufenthalt in meinem Büro aus. Sie sollten sich daher tatsächlich setzen, Monsieur Mestorino."

Charles Mestorino schluckte schwer und zog trotzig die Stirn kraus. Er setzte sich dennoch gehorsam.

Guillaume nickte und zeigte auf Massu, Février und Mougel.

„Ich danke Ihnen, Monsieur… Meine Inspektoren Massu und Février kennen Sie bereits. Brigadier Mougel hingegen noch nicht. Alle drei Männer werden dieser Befragung beiwohnen."

Charles Mestorino lächelte arrogant.

„Eine erneute Zeugenbefragung? Warum, Herr Kommissar?

„Weil ich noch Fragen an Sie habe, Monsieur Mestorino."

„Ich möchte sofort meinen Anwalt hinzuziehen."

„Das ist keine Vernehmung. Sie sind nur erneut als Zeuge hier."

„Vielleicht wird Ihre Befragung aber zu einer Vernehmung."

„Wenn sich Ihr Status im Verlauf der nächsten Minuten ändert, werde ich Sie darauf aufmerksam machen. Dann können Sie selbstverständlich Ihren Anwalt anrufen, Monsieur Mestorino."

„Sie verweigern mir einen Anwalt?"

„Ja."

„Das wird ein gewaltiges Nachspiel für Sie haben, Herr Kommissar!"

„Vielleicht."

„Nun, gut… Was wollen Sie wissen, Herr Kommissar?"

„Ich danke Ihnen erneut für Ihr Entgegenkommen… Wann haben Sie sich am 27. Februar mit Monsieur Truphème getroffen?"

„Um 11 Uhr... Das wissen Sie bereits."

„Bitte beantworten Sie meine Frage."

„Was soll dieses Theater, Herr Kommissar? Was wollen Sie wirklich von mir?", knurrte Mestorino ungehalten.

„Oh, Sie halten das hier für ein Theaterstück, Monsieur?"

„Ja, ich halte das hier für eine waschechte Schmierenkomödie, Herr Kommissar!"

„Das sollten Sie besser nicht tun, Monsieur Mestorino, denn vielleicht geht im Verlauf dieses Tages ein wirklich sensationeller Fall für die *Crim* zu Ende. Und Sie werden bei diesem Finale in der ersten Reihe sitzen."

„Vielleicht geht für Sie heute tatsächlich ein großer Fall erfolgreich zu Ende, Herr Kommissar. Vielleicht aber auch nicht. Wenn nicht, werden Sie, Ihr unfähiger Inspektor und Ihre geliebte Kriminalbrigade bis auf die Knochen blamiert sein. Und auch bei diesem Finale werde ich in der ersten Reihe sitzen."

„Vielleicht."

„Fahren Sie bitte fort, Herr Kommissar."

„Monsieur Truphème war auch am 25. Februar bei Ihnen. Ist das richtig?"

„Wie kommen Sie… Wie kommen Sie plötzlich auf den 25. Februar? Wollten Sie eben nicht…", stotterte der Juwelier plötzlich.

„Egal… Mein lieber Inspektor Massu hat seine Hausaufgaben gemacht.

„Am 25. Februar… Das war ein Samstag… Ja, das ist richtig."

„Was wollte Monsieur Truphème zwei Tage vor seinem gewaltsamen Tod bei Ihnen?"

„Ich… Er hatte eine Rechnung für mich."

„Handelte es sich bei dieser Rechnung um dieselbe Rechnung, die Ihnen Monsieur Truphème auch am darauffolgenden Montag präsentierte?"

„Ja, aber…"

„Warum bezahlten Sie die Rechnung nicht bereits am 25. Februar?"

„Ich…"

„Sie konnten nicht bezahlen, richtig?"

„Nicht am Samstag. Das ist richtig."

„Sie konnten diese Rechnung auch am Montag nicht bezahlen, Monsieur Mestorino."

„Aber natürlich konnte ich das! Wie kommen Sie denn auf solch einen Unsinn?"

Kommissar Guillaume ließ die Frage unbeantwortet.

„Konnten Sie die Rechnung am Montag begleichen? Ja oder nein?"

Charles Mestorino sackte ein wenig in sich zusammen.

„Ja… Nein!"

„Wie hoch war der Rechnungsbetrag?"

„Es war dieselbe Rechnung und derselbe Rechnungsbetrag, Herr Kommissar."

„Wie hoch?"

„35.000 Francs."

„Von wem war die Rechnung?"

„Von Madame Van Severen."

„Sie konnten die fälligen 35.000 Francs am 25. Februar nicht bezahlen. Sie konnten Monsieur Truphème das Geld nicht geben, weil Sie schlichtweg nicht über ausreichend Geld verfügten. Ist das richtig, Monsieur Mestorino?"

„Ich hatte am Samstag nicht genug Geld im Haus."

„Sie hatten auch am Montag nicht genug Geld im Haus, Monsieur Mestorino."

„Das ist falsch!"

„Warum haben Sie Monsieur Truphème dann am Vormittag nicht sofort bezahlt?"

Charles Mestorino erbleichte.

„Woher… Ich…"

„Wofür war die Rechnung?"

„Für einen sehr schönen Stein. Monsieur Truphème brachte mir am 11. Februar einen Diamanten im Wert von 35.000 Francs."

„Nein, Monsieur Mestorino!", sagte Guillaume barsch. „In Gaston Truphèmes Notizbuch steht, dass er Ihnen am 15. Februar einen Diamanten im Wert von 35.000 Francs überbrachte."

„Oh, dann habe ich mich wohl im Tag geirrt."

„Sie irren sich sehr häufig, wenn es um Daten und Uhrzeiten geht, Monsieur Mestorino."

„Ich bin verwirrt, Herr Kommissar."

„Schon möglich… Monsieur Truphème gab Ihnen am 15. Februar einen Diamanten und gleichzeitig einen Aufschub von 10 Tagen, um die Schuld zu begleichen, richtig?"

„Ja, aber woher…"

„So steht es in seinem Notizbuch."

„Er gewährte mir einen Aufschub von 10 Tagen. Ich rief Gaston aber schon fünf Tage später zu mir, weil ich ihm eine Anzahlung von 25.000 Francs geben wollte."

„Sie trafen sich also bereits am 20. Februar mit Monsieur Truphème, um ihm 25.000 Francs zu geben?"

„Nein."

„Nicht?"

„Ich wollte mich mit ihm treffen, aber Gaston sagte den Termin kurzfristig ab. Er wollte am 25. Februar die ganze Summe von mir."

„Nein, Monsieur Mestorino! Es gab kein geplantes Treffen am 20. Februar, weil es keine 25.000 Francs gab!"

„Doch!"

„Nein, Monsieur! Gaston Truphème war ein Ehrenmann, wie man uns im Zuge der Ermittlungen mehrfach versichert hat. Zudem war er ein guter Freund Ihrer Familie. Das haben Sie selbst gesagt. Er hätte von Ihnen durchaus eine derart hohe Anzahlung akzeptiert, wenn Sie denn Geld gehabt hätten. Sie hatten aber kein Geld."

Mestorino seufzte und schwieg.

„Sie hatten die fällige Summe an beiden Tagen nicht zur Hand, Monsieur Mestorino!", sagte Guillaume streng. „Ihre Geschäfte laufen seit einiger Zeit nicht besonders gut. Sie brauchen dringend Geld, nicht wahr?"

„Meine Geschäfte laufen einwandfrei!"

„Warum zahlten Sie dann nicht?"

„Ich hatte das Geld am 25. Februar nicht. Ich konnte die gesamte Summe nicht aufbringen. Ich bat Gaston daher um einen weiteren Aufschub von zwei Tagen und lieh mir das Geld nach seinem Besuch."

„Sie liehen sich 10.000 Francs oder die gesamten 35.000 Francs?"

„Ich hatte am Samstag keine 25.000 Francs… Ich lieh mir aber nicht nur die fälligen 35.000 Francs. Ich lieh mir eine viel größere Summe."

„Von wem liehen Sie sich das Geld?"

„Sie verlangen von mir, dass ich Ihnen sage, wer mir... Ich bin ein Ehrenmann, Herr Kommissar!"

„Sie brauchen nichts zu sagen, Monsieur. Wir können das auch auf unsere Weise herausfinden."

„Die da wäre, Herr Kommissar?"

„Nun, ich könnte zum Beispiel meine Männer rausschicken und überall in der Stadt herumfragen lassen, wo Sie sich das Geld liehen... Ich könnte mich mit meiner Frage aber auch an eine Zeitung wenden."

„Das werden Sie nicht wagen!"

„Es liegt ganz bei Ihnen, welchen Weg ich gehe."

„Das können Sie nicht machen! Das wird Ihnen noch leidtun!"

„Nun, wie entscheiden Sie sich?"

„Ich bat meine Mutter um Geld und ich bekam ebenfalls etwas von zwei Kollegen. Sie können sie gerne fragen."

„Das werden wir tun, Monsieur Mestorino… Wie hoch war die Summe, die Sie sich liehen?"

„45.000 Francs."

„Auch das werden wir prüfen, Monsieur Mestorino."

„Ich gebe Ihnen morgen gerne die Anschriften, Herr Kommissar."

„Wären so gütig, uns die Namen und Anschriften jetzt gleich zu geben?"

„Jetzt?", fragte Mestorino erschreckt.

Guillaume nickte und zündete sich eine Zigarette an. Er schob Charles Mestorino ein Blatt Papier zu.

„Ja, jetzt! Schreiben Sie die Namen und Anschriften der Damen und Herren bitte gut leserlich auf diesen Zettel."

Charles Mestorino schluckte schwer. Er zog das Blatt widerwillig zu sich heran. Er schrieb schnell. Als er fertig war, schob er den Zettel zurück und schaute den Kommissar fragend an.

„Und jetzt?"

„Es ist kurz nach zwölf Uhr. Jetzt wäre aus meiner Sicht ein wirklich guter Zeitpunkt, um Mittagessen zu gehen. Begleiten Sie uns, Monsieur Mestorino?"

„Ich? Ja, wenn nichts dagegen spricht... Ich würde Sie sehr gerne begleiten.", sagte Mestorino ungläubig. „Wenn ich darf?"

„Sie sind ein freier Mann, Monsieur Mestorino.", sagte Guillaume zu ihm und wandte sich im gleichen Atemzug an Mougel. „Kümmern Sie sich in der Zwischenzeit bitte um die freundlichen Geldgeber von Monsieur Mestorino. Ich lasse Ihnen gleich ein paar Sandwiches ins Büro bringen. In zwei Stunden sehen wir uns hier oben wieder."

Kommissar Guillaume griff nach seinem Mantel.

„Auf geht's, die Herren. Unser Essen wartet!"

*

Kommissar Guillaume, Inspektor Massu, Inspektor Février und Charles Mestorino saßen nach dem reichhaltigen Essen schweigend in Kommissar Guillaumes Büro.

Der Kommissar wollte gerade die Vernehmung wieder aufnehmen, als Mougel, in dessen Mundwinkel noch die Reste eines Sandwiches kleben, in Guillaumes Büro stürzte. Er flüsterte dem Kommissar hektisch etwas ins Ohr. Guillaume nickte bedächtig und zündete sich eine Zigarette an.

„Ich beginne unser Gespräch nach dem guten Essen von eben nur ungerne auf diese unschöne Weise… Sie haben gelogen, Monsieur Mestorino!", sagte Guillaume sanft.

„Ich habe bitte was?"

„Sie haben gelogen! Ihre Geschichte mit dem geliehenen Geld stimmt von vorne bis hinten nicht!"

„Ich habe mir Geld geliehen!"

„Ja, Sie haben sich Geld geliehen. Sie haben sich von Ihrer Mutter und von zwei Kollegen Geld geliehen, aber jeweils nur sehr kleine Summen und diese unbedeutenden Summen auch bereits Mitte Januar und nicht im Februar!"

„Aber…"

„Sie haben sich nach dem 25. Februar kein Geld geliehen, Monsieur Mestorino. Was soll diese Geheimnistuerei von Ihnen?"

„Meine Schwägerin kann bezeugen, dass ich Monsieur Truphème am 27. Februar die gesamten 35.000 Francs gezahlt habe."

„Mademoiselle Suzanne Charnaux kann das bezeugen?"

„Ja!"

„Sie war bei der Geldübergabe am Montag zugegen?"

„Ja! Ja, sie war zugegen!"

„Oh, das wussten wir bislang nicht, Monsieur Mestorino. Das ist natürlich etwas anderes."

„Gott sei Dank!", seufzte Mestorino erleichtert.

„Mademoiselle Charnaux und Sie… Sie stehen sich sehr nahe, oder?"

„Wie bitte? Ich… Natürlich! Sie ist die Schwester meiner Frau. Natürlich stehen wir uns nahe."

„Das freut mich für Sie.", sagte Guillaume ungerührt. „Wann kam Monsieur Truphème am 27. Februar zu Ihnen?"

„Wie ich Ihnen schon hundert Mal sagte… Er kam um 11 Uhr zu mir."

„Nein! Das stimmt nicht! Und Mademoiselle Charnaux kann übrigens bezeugen, dass das nicht stimmt, Monsieur Mestorino!", sagte der Kommissar wütend.

„Wie können Sie so etwas behaupten, Herr Kommissar?"

„Weil Inspektor Massu Ihre Schwägerin gestern Nachmittag hat herbringen lassen, um sie eingehend zum 27. Februar zu befragen!"

„Ich verstehe nicht…"

„Erlauben Sie mir bitte, dass ich Ihnen berichte, was Ihre Schwägerin ausgesagt hat. Mademoiselle Charnaux sagte dem Inspektor gestern, dass sie Monsieur Truphème lediglich kurz bei seiner Ankunft gesehen habe."

„Ja, und?"

„Sie sagte, dass dies gegen halb elf gewesen sei. Danach habe sie übrigens nichts mehr von Ihnen und Monsieur Truphème gesehen oder gehört."

„Das ist nicht wahr!"

„Dann lügt Ihre Schwägerin? Warum sollte Sie das tun?"

„Ich weiß es nicht."

„Ich denke, dass Mademoiselle Charnaux dem Inspektor gestern die Wahrheit gesagt hat. Sie sind es vermutlich, der hier die Unwahrheit erzählt!"

„Ich möchte jetzt sofort meinen Anwalt hinzuziehen!"

„Noch nicht, Monsieur Mestorino. Noch darf ich Ihnen ohne juristischen Beistand Fragen stellen. Noch beschuldige ich Sie nämlich nicht des Mordes an Monsieur Truphème. Sie können die Aussage von mir aus ab jetzt gerne verweigern, aber…"

„Das werde ich tun!"

„Das steht Ihnen frei, aber es macht die Sache nicht besser für Sie."

Mestorino schwieg. Sein Gesicht war tiefrot vor Zorn. Nach ein paar Sekunden platzte es aus ihm heraus.

„Verdammt! Fragen Sie mich, was Sie wissen wollen... In Gottes Namen!"

„Erzählen Sie mir bitte noch einmal ausführlich, was am 27. Februar passiert ist, Monsieur Mestorino…. Wir haben alle Zeit der Welt."

*

Kurz vor achtzehn Uhr drückte Guillaume seine Zigarette aus. Im Raum standen dichte Rauchschwaden unter der Decke.

„Zeit für das Abendessen. Begleiten Sie uns auch diesmal, Monsieur Mestorino?"

„Nein, ich würde diesmal gerne hier bleiben. Darf ich?", fragte der Juwelier leise.

„Sicher, Monsieur. Ich werde Ihnen ein Sandwich und Getränke bringen lassen und wir werden diesmal in zwei Gruppen essen gehen…

Février, Sie bleiben bitte bei Monsieur Mestorino. Die anderen folgen mir. Danach gehen Sie essen und wenn Sie zurück sind, geht es hier weiter."

Das *Bistrot Palais*, Guillaumes Lieblingsrestaurant am Place Saint-Michel, war nahezu voll besetzt, als die Männer dort eintrafen.

Nur mit Mühe gelang es Guillaume, Massu und Mougel, einen Platz zu ergattern. Alle drei gaben sofort ihre Bestellung auf und Guillaume schaute seine Mitarbeiter fragend an.

„Was denken Sie, meine Herren?", fragte er interessiert in die Runde.

Mougel zuckte mit den Schultern.

„Ich habe keine Ahnung, Chef… Der Kerl lügt. Aber warum? Will er seine Pleite nicht zugeben, oder steckt mehr dahinter? Ich kapiere es nicht, Chef."

Massu nickte.

„Ja, Mougel, Charles Mestorino lügt wie gedruckt. Aber er wird zusammenbrechen."

„Das mag sein, Massu. Die Frage ist nur, wann das passieren wird?", sagte Guillaume ernst.

„Schon sehr bald, Chef. Fragen Sie ihn nachher ausgiebig nach seinem Verhältnis zu Gaston Truphème und vor allem nach seinem Verhältnis zu seiner Schwägerin."

„Nein!"

„Nein?"

„Ich habe eine bessere Idee, Massu."

„Eine bessere Idee, Chef?"

„Ja, Sie werden ihn nachher danach fragen."

196

„Wie bitte, Chef? Ich?"

„Ja, Sie werden nach dem Abendessen die weiteren Fragen an Monsieur Mestorino stellen."

„Ich?"

„Es ist an der Zeit, dass Sie in den Fall eingreifen."

„Aber…"

„Keine Widerrede! Sie werden Monsieur Mestorino nachher in Ihrem Büro befragen und Sie werden ihn dort alleine befragen!"

„Alleine?", fragte Massu erstaunt.

„Ja! Sie können sich bei Ihrer Befragung so viel Zeit lassen, wie Sie benötigen und Sie haben völlig freie Hand. Machen Sie was daraus."

„Danke, Chef."

„Wenn Sie Mestorino schaffen, gebe ich Ihnen einen aus, Massu…"

Kapitel 20

M estorino saß steif in Massus grünem Sessel und starrte wütend vor sich hin. Massu schwieg und rauchte genüsslich eine Pfeife. Nach einer Viertelstunde wurde Mestorino unruhig.

„Warum machen Sie das mit mir, Herr Inspektor?"

„Was mache ich mit Ihnen, Monsieur Mestorino?"

„Ich sitze seit zwei Stunden in Ihrem Büro und Sie haben in der ganzen Zeit keine zehn Worte an mich gerichtet. Wollen Sie mich foltern?"

„Ich denke seit zwei Stunden nach, Monsieur und gerade eben ist mir etwas eingefallen."

„Wirklich?", fragte Mestorino sarkastisch. „Lassen Sie mich an Ihrem Geistesblitz teilhaben?"

Massu kramte ein Strafgesetzbuch aus der Schublade seines Schreibtisches, suchte eine Weile darin herum und reichte die aufgeschlagene Ausgabe schließlich Charles Mestorino.

„Gerne! Sie haben in dieser Sache absolut nichts zu befürchten, Monsieur Mestorino."

„Wie darf ich das bitte verstehen?"

„Nehmen wir einmal an, dass Sie am 27. Februar in Ihrem Büro mit Monsieur Truphème über die fälligen 35.000 Francs und Ihre damit verbundenen Geldsorgen…."

„Ich habe keine Geldsorgen!"

„Nehmen wir an, Sie sprachen darüber und es kam währenddessen zum Streit, in dessen Folge Monsieur Truphème stürzte und schließlich starb."

„Es gab keinen Streit!"

„Das war ein Unfall.", redete Massu unbeeindruckt weiter. „Das war kein Mord!"

Mestorino starrte Massu mit weit aufgerissenen Augen an.

„Wollen Sie mich auf den Arm nehmen?"

„Nein, ganz und gar nicht."

„Nein, nein und nochmals nein! Ich habe nichts getan! Ich schwöre es!"

„Denken Sie genau nach, Monsieur Mestorino. Sie konnten Ihren Freund am 25. Februar nicht bezahlen und Sie konnten ihn auch am 27. Februar nicht bezahlen… Ganz sicher gab es daraufhin einen heftigen Streit. Habe ich Recht?"

„Was wollen Sie damit andeuten?"

„Ein Streit ist auch unter sehr guten Freunden ganz normal, denn bei Geld hört die Freundschaft bekanntermaßen oft auf."

„Es gab keinen Streit, Herr Inspektor!"

„Ein Wort gab das Andere und es kam zu einem folgenschweren Gerangel… Es war ganz sicher nur ein Unfall, Monsieur Mestorino. Sie haben das nicht gewollt."

Mestorino schüttelte den Kopf und schwieg. Er schaute Massu fragend und zugleich zweifelnd an. Nach einer halben Minute zog er das Buch zu sich heran und blickte hinein. Mestorino las die beiden Seiten ausführlich. Als er damit fertig war, straffte er sich und klappte das Buch geräuschvoll zu.

„In Ordnung! Ich werde reden. Ich will Ihnen die Wahrheit sagen, Herr Inspektor!"

Massu schloss für einen Moment zufrieden die Augen.

„Das freut mich wirklich sehr, Monsieur Mestorino."

„Das ist mir vollkommen egal, Herr Inspektor!", schnaubte Mestorino. „Ich will reden und dann nach Hause zu meiner Frau gehen!"

„Das wird sich vielleicht einrichten lassen."

„Also, ich konnte die verdammte Rechnung am 25. Februar tatsächlich nicht bezahlen. Gaston gab mir einen letzten Aufschub bis zum 27. Februar. Er kam am Montag um halb elf und ich hatte das verdammte Geld wieder nicht zur Hand. Ich bat ihn, um unserer guten Freundschaft Willen, in drei Stunden noch einmal zu mir zu kommen."

„Wie reagierte Monsieur Truphème auf Ihren Vorschlag?"

„Gaston lachte mich hämisch aus, ging aber auf meinen Vorschlag ein. Er ging fort, und ich sah ihn nicht wieder. Ich wartete den ganzen Tag, und am

Freitag erfuhr ich aus den Zeitungen, dass er ermordet worden war."

Massu holte wütend ein Taschentuch hervor und wischte sich den Schweiß von der Stirn.

„Sie lügen, Monsieur Mestorino!"

„Nein! Ich beschloss, die Vorteile dieses Umstandes für mich zu nutzen. Daher dieses Lügengebilde, Herr Inspektor."

„Mit diesem Umstand meinen Sie Monsieur Truphèmes Tod?"

„Ja! So leid es mir tut, aber Gastons Tod kam mir durchaus gelegen. Ich konnte nämlich überall erzählen, ihn am Montag bezahlt zu haben und war dadurch auf einen Schlag meine Geldsorgen los."

„Das ist unglaublich! Sie sind unglaublich, Monsieur Mestorino!"

„Ja, ich weiß! Meine Handlung ist moralisch absolut verwerflich und ich habe es damit übertrieben, Herr Inspektor."

„Ja, wenn es stimmt, haben Sie mehr als übertrieben."

„Aber strafbar ist das nicht, oder?"

„Ich glaube Ihnen kein Wort, Monsieur!"

„Damit müssen Sie leben, Herr Inspektor! Ich bin ein zutiefst ehrlicher Mann und ich bedauere meine unmoralische Handlungsweise zutiefst."

Massu schlug mit der flachen Hand auf den Tisch.

„Sie haben Monsieur Truphème nicht im Streit getötet, Monsieur Mestorino! Sie haben ihn absichtlich beraubt und ermordet!", brüllte Massu erbost.

Mestorino schnappte empört nach Luft.

„Das muss ich mir nicht bieten lassen! Sie haben keine Beweise!"

„Sie haben große Geldsorgen, Monsieur Mestorino, die Sie mit dem Mord an Gaston Truphème abhaken konnten!"

„Ich bin kein Räuber oder Mörder! Ich habe so etwas nicht nötig. Mir fehlte am 27. Februar das nötige Bargeld und ich wollte lediglich einen weiteren Aufschub von ein paar Stunden von Gaston! Als Gaston nicht kam und ein paar Tage später tot aufgefunden wurde, habe ich meine Chance genutzt."

„Sie sind finanziell ruiniert, Monsieur Mestorino. Ihre Geschäfte laufen nicht gut. Das ist in der Branche hinlänglich bekannt."

„Wer hat Ihnen das gesagt? Die altersschwachen Säcke von der Diamantengewerkschaft? Die Presse? Ich hatte in der letzten Zeit ein paar schlechte Geschäfte, aber ich bin längst nicht ruiniert!"

„Das sehe ich anders, Monsieur Mestorino."

„Sie irren sich, Herr Inspektor… Meine Frau brachte eine Mitgift von 150.000 Francs mit in unsere Ehe, die wir noch immer besitzen. Ich habe zudem mehr als 100.000 Francs in Schmuck angelegt und die Villa und das Mobiliar sind mehr als 80.000 Francs wert."

Massu lächelte.

„Das ist schön für Sie, Monsieur… Was sind das eigentlich für Verletzungen an Ihren Fingerknöcheln? Sieht übel aus."

„Ich… Was… Ich habe mich verletzt. An meinem Auto. In meiner Garage… Bei einem Radwechsel.", antwortete Mestorino verwirrt.

„Sie sind Geschäftsführer eines bekannten Juwelenhandels in Paris und Sie laufen mit unschönen Verletzungen an den Händen herum? Das ist aber kein gutes Aushängeschild für den Verkauf von edlem Geschmeide, oder?"

„Das mag sein, ist aber nicht zu ändern."

„Ein Radwechsel, sagen Sie?"

„Ja, ich schwöre es hoch und heilig. Es war ein Radwechsel und kein Mord!"

„Ich glaube Ihnen. Diesmal sagen Sie fast die Wahrheit…"

„Fast?"

„Sagen Sie mir endlich die ganze Wahrheit, Monsieur Truphème. Was ist am 27. Februar passiert?"

„Ich kann Ihnen nichts sagen. Ich bin unschuldig, Herr Inspektor. Ich schwöre es Ihnen noch einmal!"

„Leider sind Sie ganz und gar nicht unschuldig, Monsieur! Geschah der Mord aus Eifersucht? Ging es um bei dem Streit um eine Frau? Ging es vielleicht sogar um Ihre Frau?"

„Sind Sie endgültig verrückt geworden? Schämen Sie sich!"

„Nun?"

„Mit fehlen die Worte!"

„Also nein? Ging es bei dem Streit nicht um Ihre Frau?"

„Nein, verdammt!"

„Ging es vielleicht um Mademoiselle Charnaux? Hatte Monsieur Truphème womöglich ein Auge auf Ihre geschiedene Schwägerin geworfen? War er in Ihren Augen nicht der Richtige für Ihre Schwägerin? War er in Ihren Augen vielleicht nur ein primitiver Musiker, den Sie vor ein paar Jahren aus dem Sumpf holten, um mit ihm von Zeit zu Zeit windige Geschäfte machen zu können?"

„Sie… Ich… Ich habe ihn nicht aus dem Sumpf geholt… Geschäfte? Ich sage nichts mehr. Das wird ja immer schöner mit Ihnen!"

„Gut, sagen Sie nichts. Das lässt mir den nötigen Raum, um weiter in Ruhe über Ihre Situation nachdenken zu können… Das sollten Sie übrigens auch tun, Monsieur Mestorino."

Massu fragte von jetzt an alle fünf Minuten, wann Monsieur Truphème am Montag bei Mestorino aufgetaucht sei und warum es bei dem Streit gegangen sei, in dessen Verlauf der Diamantenhändler sein Leben lassen musste.

Mestorino antwortete stets, dass es keinen Streit gegeben hätte und er nichts weiter zu sagen habe, außer, dass er einen Anwalt wolle.

„Nein, noch nicht.", sagte Massu streng.

„Aber ich bin längst kein einfacher Zeuge mehr!"

„Nein."

„Dann ist das ein Verhör?"

„Ja, seit heute Morgen, Monsieur Mestorino."

„Dann haben sie mich allesamt belogen!"

„Wir haben die Wahrheit ein wenig gestreckt."

„Ich will einen Anwalt!"

„Uns stehen 24 Stunden zur Verfügung, bevor wir Ihnen einen Anwalt gewähren müssen."

„Das ist unmenschlich…", sagte Mestorino leise und ließ den Kopf hängen.

„Einen Menschen zu töten und in einem feuchten Straßengraben wie ein Stück Abfall abzulegen und anzuzünden… Das nenne ich unmenschlich, Monsieur Mestorino."

*

Um Mitternacht änderte Massu seine Taktik. Er verfiel von einer Sekunde zur anderen in absolutes Schweigen. Auch Mestorino schwieg. Massus Büro versank in absoluter Stille. Beide Männer rauchten viel, aber niemand bewegte sich mehr als notwendig.

Gegen zwei Uhr war es schließlich vorbei. Das längste Verhör in der Geschichte der Pariser Polizei hatte nach exakt 17 Stunden ein Ende.

Mestorino wurde zuerst immer bleicher. Dann schoss ihm in Strömen der Schweiß von der Stirn und plötzlich stand er taumelnd auf.

„Hören Sie auf, mich zu quälen! Sie wissen es längst! Ich will Ihnen die Wahrheit sagen!", lallte der Juwelier müde.

Massu war dagegen mit einem Schlag hellwach. Er nickte knapp und schaute Mestorino tief in die Augen.

„Bitte, Monsieur Mestorino. Erzählen Sie mir die Wahrheit."

„Ich war es! Ich war es, der ihn getötet hat!", flüsterte Mestorino und sank seufzend zurück in seinen Sessel. Der Juwelier war am Ende.

„Wie ist es passiert, Monsieur Mestorino?"

Mestorino sah Massu mit flackernden Augen an. Er räusperte sich mehrmals, bevor er weitersprach.

„Gaston kam am Montag gegen halb eins zurück... Ich hatte noch immer kein Geld!"

„Wie reagierte Monsieur Truphème?"

„Gaston wurde fuchsteufelswild. Er hat geschrien und mich beleidigt. Ich hielt es schließlich nicht mehr aus... Ich sprang auf und schlug ihm meine Faust ins Gesicht. Gaston fiel sofort um. Sein Kopf schlug auf den Tisch. Da war viel Blut... Gaston blieb auf dem Boden liegen."

„War Monsieur Truphème tot?"

„Nein! Ich... Gaston war nur für ein paar Augenblicke lang bewusstlos. Dann stand er plötzlich auf und rief laut um Hilfe."

„Was ist dann passiert, Monsieur Mestorino?"

„Ich verlor den Kopf, Herr Inspektor. Ich nahm einen großen Wattebausch, mit dem ich normalerweise meine Schmuckstücke verpacke, und schob ihn in Gastons Mund. Er wehrte sich heftig, aber ich war wie von Sinnen.

Ich riss meine Krawatte herunter und strangulierte ihn damit. Dann bewegte er sich nicht mehr."

Massu unterbrach den Juwelier nicht. Er wagte es nicht, zu atmen.

„Ich schleppte Gaston bis zu einem großen Wandschrank, der in meinem Büro ist. Da steckte ich ihn hinein. Ich musste ihn irgendwie loswerden. Dort ließ ich ihn erst einmal."

„Was taten Sie dann, Monsieur Mestorino?"

„Ich… am nächsten Morgen…"

„Sie meinen am Dienstag? Am 28. Februar?"

„Ja, am Dienstag… Also, am Dienstagmorgen war ich alleine in meinem Büro. Ich nutzte die Gelegenheit und ging Seile und eine große Leinwand zum Einwickeln kaufen. Außerdem war ich… Ich glaube, ich war in Brie-Comte-Robert."

„Allein?"

„Ja, allein."

„Ich verstehe."

„Ich kaufte dort Benzinkanister. Am Abend schleppte ich Gaston in mein Auto und fuhr mit ihm in meine Villa in La Varenne."

„Ihr Auto war doch aber in der Werkstatt…"

Mestorino fegte den Einwand Massus mit einer linkischen Handbewegung hinfort.

„Ach! Der Wagen war bereits am Montagabend fertig!"

„Monsieur Truphèmes Leiche lag also in der Nacht von Dienstag auf Mittwoch im Kofferraum Ihres Wagens?"

„Ja, der Wagen blieb über Nacht in meiner Garage stehen. Am nächsten Tag, also am Mittwoch, fuhr ich mit Gaston in den Wald von Armainvilliers. Dort haben Sie… dort haben Sie ihn dann gefunden, Herr Inspektor."

Mestorinos Kopf fiel ihm auf die Brust, und dort blieb er bewegungslos liegen. Massu wartete kurz, dann begann er, Mestorino heftig zu schütteln. Der Juwelier fuhr wütend hoch.

„Genug! Genug! Ich habe Ihnen alles gesagt. Ich schwöre es!"

Mestorino schloss wieder die Augen. Plötzlich schüttelte ihn ein heftiger Weinkrampf. Kommissar Guillaume öffnete leise die Tür und schaute in Massus Büro.

„Wir haben nebenan alles gehört, Massu.", flüsterte er. „Ich werde jetzt den Richter und die Presse informieren, Massu. Danach fahren wir allesamt in die Rue Saint-Augustin."

„Was passiert mit Monsieur Mestorino, Chef?", fragte Massu unsicher.

Guillaume sprach Mestorino vorsichtig an.

„Hören Sie mich, Monsieur? Ruhen Sie sich ein wenig aus. Sie werden uns gegen sieben Uhr in Ihr Geschäft begleiten. Haben Sie mich verstanden?"

„Ja… Mein Anwalt… Bitte!"

„Sie können nun Ihren Anwalt anrufen. Ich verhafte Sie nämlich wegen des Mordes an Gaston Truphème! Haben Sie mich verstanden, Monsieur Mestorino?"

Mestorino nickte und Massu reichte dem Juwelier das Telefon...

Kapitel 21

Donnerstag, 15. März 1928; 07:00 Uhr
Rue Saint-Augustin Nummer 29;
2. Arrondissement

Die Concierge schaute verschlafen aus ihrer Loge und hob erschreckt die Hand vor den Mund, als sie das aschfahle Gesicht von Monsieur Mestorino im diffusen Licht der Treppenhausbeleuchtung erkannte.

„Geht es Ihnen nicht gut, Monsieur Mestorino?

Mestorino antwortete ihr nicht.

„Es geht ihm den Umständen entsprechend gut, Madame.", sagte Massu, der direkt hinter dem Juwelier ging.

„Sie? Die Polizei? Ist es möglich? Oh, mein Gott!"

Charles Mestorino sagte und hörte nichts. Er setzte langsam einen Fuß vor den Anderen. Schließlich erreichte die Gruppe die sechste Etage. Février öffnete mit Hilfe von Mestorinos Hausschlüssel die Eingangstür. Die Gruppe betrat die nobel eingerichteten Geschäftsräume.

Gleich hinter dem Eingang befand sich Mestorinos kleines Büro. An der Tür hing ein Schild mit der Aufschrift *Direktor*. Massu öffnete die Tür. Auf der linken Seite sah er den Wandschrank, den der Juwelier in seinem Geständnis erwähnt hatte.

Massus Augen weiten sich. Der gesamte Raum war voller Blut! Die Decke, der Teppich, die Wände, überall. Massu blickte Charles Mestorino scharf an.

„Hier sieht es übel aus! Ich habe viel erwartet, aber das nicht. Sie hatten doch Zeit, um… Haben Sie uns etwas dazu zu sagen, Monsieur Mestorino?"

Mestorino schaute durch Massu hindurch. Er blickte auf seine gefesselten Hände und sprach sehr leise.

„Truphème kam um halb elf. Ich hatte kein Geld, aber ich dachte, ich würde welches finden..."

„Das sagten Sie bereits mehrfach."

„Er kam mittags zurück. Als ich ihm sagte, dass ich ihm die 35.000 Francs nicht bezahlen kann, da…"

„Was passierte dann, Monsieur Mestorino?"

„Er… Ich traf Gaston von hinten mit einem Ringstock."

„Was für ein Ringstock, Monsieur Mestorino? Sie sagten, Sie hätten ihn mit der Faust niedergeschlagen."

„Nein, das habe ich nicht… Ich nahm einen Ringstock. Das ist ein sehr solides Werkzeug, das ich benutze, um die Größe der Ringe zu überprüfen."

„Ich verstehe. Woher nahmen Sie den Ringstock?"

„Der Ringstock lag auf meinem Schreibtisch. Ich schlug zweimal zu. Zuerst traf ich Gaston auf den Schädel, dann traf ich ihn im Gesicht. Ich erkannte sofort, was ich getan hatte…"

„Monsieur Truphème war also doch sofort tot? Sie mussten ihn nicht strangulieren?"

„Es war grauenhaft! Er bewegte sich noch und da habe ich ihn… mit Watte und mit meiner Krawatte..."

„Dann war er tot?"

„Ich weiß es nicht. Er war ganz sicher tot. Gaston hat sich nicht mehr bewegt… Da war so viel Blut… Ich versuchte, das Blut weg zu wischen, aber…"

„Das hat nicht geklappt, richtig?"

„Wie Sie sehen… Ich schleppte Gaston in den Schrank. Dann wusch ich mich und wechselte meine Kleider."

„Ich möchte Ihnen etwas verraten, Monsieur Mestorino… Gaston Truphème war nach dem Strangulieren beileibe nicht tot."

„Nicht?"

„Nein, Sie haben ihn nicht erwürgt. Gaston Truphème ist vielmehr qualvoll verblutet… In Ihrem Wandschrank, Monsieur Mestorino."

„Oh, mein Gott!", würgte der Juwelier gepresst heraus.

„Ja, Monsieur Mestorino, Sie hätten ihn retten können."

„Oh, mein Gott!", wiederholte Mestorino.

„Waren Sie die ganze Zeit allein, Monsieur Mestorino? Denken Sie gut nach, bevor Sie mir antworten."

„Nein."

„Nein?"

„Ich war nicht allein. Die Arbeiter waren in der Werkstatt."

„Und Ihre Schwägerin."

„Suzanne war nicht bei mir. Sie war hinten."

„Kam jemand von den Arbeitern herein?"

„Nein, niemand hat etwas gehört."

„Niemand?"

„Nein."

„Auch Ihre Schwägerin nicht?"

„Sie war hinten bei den Arbeitern."

„Was taten Sie, nachdem Sie die Leiche von Monsieur Truphème im Schrank versteckt hatten?"

„Ich ging nach hinten und bat Pierre, unseren Lehrling, mir etwas Schinken und Kartoffeln zu holen. Ich wollte bei meinen Gewohnheiten bleiben."

„Ich verstehe. Was taten Sie nach dem Essen?"

„Am Nachmittag wickelte ich Gaston in ein paar Decken und dann habe ich ihn bis zum nächsten Tag wieder in den Schrank gesteckt.

Am Dienstagabend habe ich ihn um halb sieben über den Hintereingang zu meinem Auto getragen. Ich fuhr direkt nach La Varenne. Am nächsten Morgen trug ich den Körper in den Wald und…"

„Waren Sie dabei allein?"

„Ja."

„Sie hatten wirklich keine Hilfe?“

„Nein.“

„Und Ihr Wagen befand sich nicht von Montagmorgen bis zum Dienstagabend in der Werkstatt?“

„Nein! Wie ich bereits sagte, war der Wagen nur am Montag in der Werkstatt.“

„Dann hat der Mechaniker also gelogen?“

„Ja, aber ich habe es ihm nicht aufgetragen, Herr Inspektor. Der Mann kennt mich gut und mag mich. Er wollte mir helfen.“

„Weiß er von der Tat?“

„Der Mechaniker weiß gar nichts!“

„Wer dann?“

„Niemand! Ich schwöre es!“

„Was ist mit Ihrer Frau, Monsieur Mestorino?“

„Niemand weiß etwas! Auch sie nicht!“

„Gehen wir. Hier gibt es für uns nichts mehr zu tun. Die Spurensicherung wird hier übernehmen. Soll ich Bastin anrufen, Chef?

Guillaume, der sich die ganze Zeit über schweigend im Hintergrund gehalten hatte, schüttelte den Kopf.

„Nein, ich bleibe hier im Haus. Ich rufe von hier aus Bastin an.“

„Gut, Chef.“

„Sehen Sie zu, dass Sie Monsieur Mestorino von hier weg bekommen, Massu. Ich habe vom Fenster aus gesehen, dass die Presse sehr schnell war. Vor dem Haus stehen viele Schaulustige.“

„Ich werde mich beeilen, Chef.“

„Gute Arbeit, Massu.“, sagte Guillaume lächelnd.

Massu, Février, Mougel und Mestorino verließen das Haus. Die Stimmung auf der Straße war sehr feindselig. Es wurden sogar Stöcke geschwungen und irgendjemand rief:

„Tötet ihn! Zu Tode mit dem Mörder!"

Kapitel 22

Dienstag, 20. März 1928; 10:00 Uhr
Rue Saint-Augustin 29;
2. Arrondissement

Doktor Paul und Massu standen nebeneinander in der Mitte von Mestorinos Büro. In den Ecken des Raumes standen Guillaume, Février, Mougel, Mestorino und dessen Anwalt Raymond-Hubert. Auf dem Boden lag ein prall gefüllter Sack in der Größe eines Menschen.

„Bitte beschreiben Sie uns die tragische Szene vom 27. Februar noch einmal, Monsieur Mestorino.", bat Massu den Juwelier.

Charles Mestorino blickte fragend zu seinem Anwalt.

„Ich verstehe nicht, was das Spektakel soll", sagte der berühmteste Advokat von Paris streng. „Mein Mandant hat bereits alles mehrfach ausführlich geschildert."

„Das Experiment ist für unser Verständnis der Vorgänge von allergrößter Bedeutung, Maître."

„Ist es das?"

„Im Namen der Gerechtigkeit, Maître Raymond-Hubert.", bat Massu eindringlich.

„Gerechtigkeit, Massu? Das ist ein starkes Wort! Sei es drum. Sie haben meinen Segen."

„Danke, Maître Raymond-Hubert… Bitte beschreiben Sie uns nun noch einmal die tragische Szene vom 27. Februar, Monsieur Mestorino."

„Truphème kam um halb elf. Ich hatte kein Geld, aber ich dachte…"

„Warten Sie, Monsieur. Bitte überspringen Sie den Anfang."

„Es kam zum Streit und ich schlug Monsieur Truphème mit einem Ringstock nieder. Ich traf ihn von hinten. Ich schlug zweimal zu. Zuerst traf ich ihn auf den Kopf und dann traf ich ihn im Gesicht."

„Monsieur Truphème war nicht sofort tot, ist das richtig?"

„Nein, er bewegte sich noch und da habe ich ihm Watte in den Mund gesteckt und mit meiner Krawatte gewürgt."

„Sie konnten das viele Blut nicht entfernen?"

„Nein."

„Sie haben ihn alleine in den Wandschrank gelegt. Ist auch das richtig, Monsieur Mestorino?"

„Ja, das ist richtig."

„Würden Sie bitte den Sack aufheben, Monsieur?"

„Ich verstehe nicht."

„Der Sack vor Ihnen auf dem Boden stellt den toten Gaston Truphème dar. Er ist von gleicher Größe und hat das gleiche Gewicht wie der Tote.", mischte sich Doktor Paul ein.

„Bitte tragen Sie den Sack in den Wandschrank, Monsieur Mestorino", sagte Massu.

Der Juwelier schaute seinen Anwalt erneut fragend an. Maître Raymond-Hubert zuckte mit den Schultern und nickte seinem Mandanten aufmunternd zu. Mestorino bückte sich daraufhin und packte zu.

So sehr sich der Juwelier auch bemühte, es gelang ihm nicht, den Sack auch nur ein paar Zentimeter vom Boden zu heben. Nach fünf Versuchen gab er schweißgebadet auf.

„Ich kann es nicht!", sagte der Juwelier erschöpft.

„Sie können es nicht, weil es ohne Hilfe nicht geht. Wenn Sie diesen Sack nicht alleine heben können, stellt sich mir die Frage, wie Sie den schweren Körper von Gaston Truphème alleine getragen haben wollen?"

„Ich… Damals ging es. Ich bin so durcheinander, dass ich heute keine Kraft habe, um…"

Charles Mestorino ließ seinen Satz unvollendet und blickte resigniert zu Boden. Massu schüttelte bedächtig den Kopf und strich sich über das Kinn.

„Nein, Monsieur Mestorino. Sie schafften das nicht alleine… Bleiben Sie bei Ihrer Aussage, dass niemand da war, der Ihnen am 27. Februar beim Verstecken der Leiche half?"

„Ich war allein!"

„Ihre Schwägerin war am Montag im Haus. Sie war sogar zur Tatzeit im Haus… Weiß sie wirklich nichts, Monsieur Mestorino?"

Mestorino wurde blass. Er blickte verwirrt zu seinem Anwalt. Der schüttelte den Kopf.

„Nein, Sie war nicht dabei… Ich habe allein gehandelt!"

Massu gab Février ein Zeichen. Der Inspektor ging ins Treppenhaus und holte Suzanne Charnaux herein, die vor der Eingangstür gewartet hatte. Die junge Frau hatte große, vom Weinen gerötete Augen und die Tränen strömten noch immer über ihre Wangen. Massu lächelte die junge Frau freundlich an.

„Bitte beruhigen Sie sich, Mademoiselle Charnaux. Haben Sie uns etwas zu sagen?"

„Nein, ich… ich kann nicht."

„Ich verstehe Sie gut, Mademoiselle. Ich weiß, was Sie fühlen. Sie sind Ihrem Schwager schließlich mehr als nur familiär verbunden."

Der Anwalt räusperte sich vernehmlich.

„Halt! So geht das nicht, Herr Inspektor. Ich protestiere energisch!"

„Ich möchte die Wahrheit herausfinden, Maître Raymond-Hubert."

„Die Wahrheit, Herr Inspektor? Schon wieder dieses Wort? Was ist denn die Wahrheit?"

„Das würde ich gerne von Mademoiselle Charnaux erfahren, Maître."

„Ich bin nicht der Anwalt von Mademoiselle Charnaux. Ich kann ihre Interessen daher nicht vertreten. Ich dürfte es auch gar nicht….", sagte Maître Raymond-Hubert. „Aber ich darf Ihnen eine Frage stellen, Herr Inspektor. Darf ich?"

Nun war es an Massu, sich fragend umzublicken. Er schaute zu Kommissar Guillaume.

„Sicher, Maître. Stellen Sie Ihre Frage.", sagte der Kommissar an Massus Stelle.

„Wenn Ihnen Mademoiselle Charnaux hier und jetzt tatsächlich die Wahrheit sagen würde, Herr Kommissar. Hätte das etwas Gutes für meinen Mandanten?"

Massu nickte.

„Ich kann vor Gericht das ein oder andere gute Wort für Ihren Mandanten einlegen. Sie haben darauf mein Wort, Maître."

„Danke, Herr Inspektor."

„Alles Weitere habe ich jedoch nicht zu entscheiden. Das ist Sache des Richters."

„Natürlich, Herr Inspektor. Das versteht sich von selbst."

Maître Raymond-Hubert dachte ein paar Sekunden lang nach. Schließlich nickte er der jungen Frau zu.

„Ich will Sie nicht beeinflussen, Mademoiselle, doch vielleicht ist es besser, wenn Sie reden."

„Ich soll… aussagen?"

„Ja, Mademoiselle. Und sagen Sie bitte die Wahrheit. Sagen Sie die Wahrheit, wie sie sich Inspektor Massu vorstellt. Ihre Aussage wird die Sache für alle Beteiligten wesentlich einfacher machen."

Charles Mestorino sackte in sich zusammen, als Suzanne Charnaux den Kopf senkte und mit ausdrucksloser Stimme zu erzählen begann.

„Am Montag kam ich gegen halb eins am Büro meines Schwagers vorbei. Ich hörte laute Stimmen aus dem Raum und Stühle wurden gerückt. Ich war neugierig und öffnete leise die Tür. Charles, der mir den Rücken zugedreht hatte, versetzte Monsieur Truphème genau in diesem Moment mit einem Ringstock einen Schlag ins Gesicht."

„Nicht, Suzanne!", flehte Charles Mestorino mit tränenerstickter Stimme.

„Verzeih' mir, Charles…", flüsterte Suzanne Charnaux. „Ich halte diesen Druck nicht länger aus."

„Bitte sprechen Sie weiter.", sagte Massu leise.

„Monsieur Truphème schwankte und mein Schwager drehte den Kopf ein wenig in meine Richtung. Er sah mich entsetzt an und rief mir zu, ich solle auf der Stelle verschwinden."

„Was taten Sie, Mademoiselle?", fragte Massu weiter.

„Ich schloss hastig die Tür… Erst um eins sah ich Charles wieder. Er sah mich merkwürdig an, sagte aber kein Wort. Ich wusste sofort, dass Monsieur Trumphème tot war."

„Gingen Sie in das Büro Ihres Schwagers?"

„Ja, ich folgte meinem Schwager."

„Was sahen Sie im Büro Ihres Schwagers?"

„Alles war voller Blut… Es war grauenhaft!"

„Das glaube ich Ihnen, Mademoiselle. Was sahen Sie noch?"

„Charles hatte Monsieur Truphème in eine Decke eingewickelt."

„Was passierte dann, Mademoiselle Charnaux?"

„Ich half ihm dabei, Monsieur Truphème in den Wandschrank zu legen… Dann ging Charles wortlos fort."

„Was geschah am nächsten Tag?"

„Auch am nächsten Tag sprach Charles kein Wort mit mir. Er verließ mehrfach das Atelier. Gegen fünf Uhr am Abend war er wieder da und gegen sechs Uhr kam er endlich aus seinem Büro heraus… Er…"

„Er tat was, Mademoiselle?"

„Er zerrte den eingewickelten Gaston Truphème hinter sich her."

„Trug er ihn?"

„Nein."

„Wie ging es weiter?"

„Wir verließen gemeinsam das Appartement. Ich schloss die Tür und Charles zog Monsieur Truphème die Stufen hinunter. Ich überholte ihn auf der Treppe und ging zur Concierge, um sie von dem Vorgang abzulenken.

Ich gab ihr wie gewöhnlich den Schlüssel zu unseren Geschäftsräumen und verwickelte sie in ein belangloses Gespräch. Inzwischen war Charles, ohne von irgendjemanden gesehen worden zu sein, am Auto angelangt".

Massu schaute Charles Mestorino fragend an.

„Woher nahmen Sie den Mut, oder soll ich vielleicht eher von Frechheit sprechen, eine Leiche um sechs Uhr am Abend durch ein bewohntes Haus mit vielen Mietern zu zerren, Monsieur Mestorino?"

„Mestorino zuckte ergeben mit den Achseln.

„Ich war bereits verloren, Herr Inspektor. Mir war an jenem Abend alles egal."

Massu nickte und wandte sich wieder Mademoiselle Charnaux zu.

„Sie haben Ihrem Schwager auch dabei geholfen, Truphèmes Leiche am Mittwoch in den Graben zu legen. Ist es nicht so, Mademoiselle Charnaux?"

„Nein.", hauchte die junge Frau.

„Doch! Und Sie waren sehr unvorsichtig dabei. Sie haben sich verfahren und wurden gesehen, als Sie nach dem Weg fragten."

„Ich muss Ihnen diese Frage nicht beantworten, oder?"

„Nein, Mademoiselle, Sie müssen meine Frage jetzt nicht beantworten. Dafür werden Sie später vor Gericht noch genügend Zeit haben."

„Dann warte ich auf den Prozess. Ich sage ab jetzt ohne einen Anwalt nichts mehr."

„Das ist Ihr gutes Recht, Mademoiselle… Haben Sie uns noch etwas zu sagen, Monsieur Mestorino?"

„Nein."

„Gut. dann sind wir hier fertig..."

Epilog

Dienstag, 4. Februar 1930; 14:30 Uhr
Pont Neuf, Île de la Cité

Massu schwieg und widmete sich andächtig dem Anblick der Seine. Simenon betrachtete nachdenklich die Statue von Heinrich IV. Vom sonnenbeschienenen Square du Vert-Galant drang das glückliche Lachen spielender Kinder zu ihnen herauf.

Nach ein paar Minuten räusperte sich Simenon verhalten.

„Sagen Sie, Massu, habe ich damals beim Prozess gegen Charles Mestorino eigentlich viel verpasst?"

„Waren Sie nicht zugegen, Simenon?"

„Nein, ich war nicht in der Stadt."

„Stimmt!", lachte Massu. „Sie waren auf der Suche nach einem Boot. Wurden Sie fündig?"

„Ja, ich war damit vor kurzem in Wilhelmshaven."

„Wo?"

„In Deutschland, Massu."

„Schön für Sie… Nein, im Grunde haben Sie nichts verpasst, Simenon. Außer das fulminante Finale eines spektakulären Mordfalles."

„Ihres ersten Falles, Massu. Seien Sie nicht so bescheiden."

„Ja, meines ersten Falles, Simenon."

„Bitte erzählen Sie mir, was ich nicht in der Zeitung darüber lesen konnte.", bat Simenon. „Ihre Sicht der Dinge ist wesentlich interessanter für mich, als das Geschreibsel meiner Kollegen."

„Aber nur, weil Sie es sind…"

„Danke, Massu."

„Der Staatsanwalt stellte Mestorino Tag für Tag die gleiche Eingangsfrage nach dem Grund für den Tod von Gaston Truphème und Mestorino antwortete jedes Mal, dass er Gaston Truphème schlichtweg im Zorn getötet habe."

„Wut und Leidenschaft. Seit Anbeginn der Menschheit die klassischen Motive für hübsche Morde an den Mitmenschen."

„Der Staatsanwalt war aufgrund der Indizienlage jedoch anderer Meinung. Er faltete nach Mestorinos Antwort stets behutsam die Hände, beugte sich gemächlich über seinen Tisch und warf Mestorino wutschnaubend vor, die Unwahrheit zu sagen."

„Ist nicht wahr, Massu!", sagte Simenon ironisch lächelnd."

„Nach Auffassung des Staatsanwaltes konnte beziehungsweise wollte Mestorino das spätere Opfer zu keinem Zeitpunkt bezahlen und hatte als einzigen Ausweg nur den Mord an Gaston Truphème gesehen. Mestorino bestritt diesen Vorwurf vehement und so ging es zwischen ihm und dem Staatsanwalt tagelang hin und her. Hier ein Vorwurf, dort ein Einspruch."

„Dabei ging es Mestorino tatsächlich nie um Geld oder Diamanten, oder?"

„Nein, aber das stellte sich erst kurz vor Ende des Prozesses heraus. Mestorino ging es in der Tat niemals um die 35.000 Francs, oder das viele Geld, das Truphème bei sich trug. Er beging schlichtweg einen klassischen Mord aus Wut und Leidenschaft!"

„Hat Gaston Truphème den Juwelier am Tattag eigentlich übel beleidigt? Diese Aussage ist Mestorino dem Gericht schuldig geblieben, oder?"

„Mestorino ging niemals auf diese Frage ein. Das war aber auch völlig unnötig, denn die Leidenschaft wog bei der Ausführung der Tat erheblich schwerer, als Mestorinos Wut wegen einer möglichen Beleidigung."

„Was auch nie richtig zur Sprache kam… Die Sache mit den Treffen… Hatten die Beiden vielleicht doch ein…", druckste Simenon herum.

„Oh, Gott! Nein! Hören Sie auf damit! In diese Richtung habe auch ich kurzzeitig gedacht."

„Wirklich?"

„Ja, als Mademoiselle Frescot so umständlich von den Treffen gesprochen hat, dachte ich kurzzeitig daran. Aber es gab einen Italiener namens Mescortino tatsächlich! Gaston Truphème traf sich mit diesem Mann regelmäßig. Bei diesen Treffen ging es um die Begleichung alter Spielschulden. Und jetzt kommt es! Bei diesen Treffen wurde nicht etwa Gaston Truphème von dem Italiener bedroht, sondern der Italiener von ihm."

„Ach!", sagte Simenon beeindruckt.

„Ja."

„Kommen wir zurück zur Verhandlung, Massu. Wann änderte sich Mestorinos Haltung vor Gericht?"

„Mestorino verwickelte sich von Tag zu Tag in immer mehr Widersprüche. Als das böse Ende für ihn abzusehen war, ermutigte ihn Maître Raymond-Hubert, seinen Widerstand endlich aufzugeben."

„Maître Raymond-Hubert riet ihm dazu?"

„Ein hervorragender Advokat mit einer herausragenden taktischen Vorgehensweise."

„Inwiefern, Massu?"

„Er brachte Mestorino sanft zu einer bedeutenden Aussage. Mestorino sagte nämlich aus, dass Gaston Truphème immer dann in sein Büro kam, wenn er nicht im Haus war."

„Warum kam Monsieur Truphème immer dann?"

„Nun, Monsieur Truphème suchte die Nähe zu Mestorinos Schwägerin Suzanne Charnaux."

„Ja, die kleine Suzanne Charnaux… Ein nettes Mädchen…", sagte Simenon lächelnd.

„Ja, ein nettes Mädchen… Als Mestorino von den aufdringlichen Annäherungsversuchen erzählte, viel es mir plötzlich wie Schuppen von den Augen."

„Mestorino war die Verbindung nicht standesgemäß. Außerdem hatte Truphème eine Freundin."

„Die Moral? Nein, Simenon! Die Moral war es ganz sicher nicht."

„Was dann, Massu?"

„Damals im März, zwei Tage vor Mestorinos Verhör, hatte ich mich ans offene Fenster meines Büros gestellt. Im Licht einer Straßenlaterne sah ich seinerzeit ein Liebespaar."

„Ich erinnere mich. Davon haben Sie mir vorhin erzählt…"

„Ja, das habe ich Ihnen aus einem guten Grund erzählt. Der Mann war etwas älter als die Frau, wie ich bemerkte. Sie hatte ihn lachend angestoßen und der Mann hatte plötzlich in seine Manteltasche gegriffen, um an seine Geldbörse zu kommen. Er gab dem Mädchen einen Geldschein und sie ihm im Gegenzug einen Kuss. Dann tänzelte sie davon… Ich hatte damals sofort an Gaston Truphème und Suzanne Charnaux gedacht. Die Sache lag aber ganz anders. Ich hätte es schon damals wissen müssen!"

„Ich verstehe, Massu."

„Genau! Mestorinos Schwägerin war bis Ende 1926 unglücklich verheiratet gewesen. Dann hatte sie sich scheiden lassen und Gaston Truphème überhäufte sie seit Januar 1928 mit seiner ganzen Aufmerksamkeit und mit noch viel mehr. Das hätte Mestorino eigentlich egal sein können, aber es wurde für ihn unerträglich. Er war es nämlich, der ein Verhältnis mit Suzanne Charnaux hatte!"

„Das Leben spielt verrückter, als jeder Roman."

„Mestorino verbat Gaston Truphème aus diesem Grund jegliche Besuche und Annäherungen."

„Und wie verhielt sich Monsieur Truphème?"

„Truphème scherte sich absolut nicht um Mestorinos Verbote. Er drängte dem Juwelier sogar unhöflich Termine auf. Er kam immer wieder und bei jedem dieser Termine bat er Mestorino darum, dessen Schwägerin heiraten zu dürfen. So auch am 27. Februar."

„Gaston Truphème wusste nichts von dem außerehelichen Verhältnis seines Freundes und Geschäftspartners?"

„Nein, und Mestorino sagte es ihm wohl auch nicht… Bis zum 27. Februar."

„Dieser Tag änderte dann alles schlagartig."

„Im wahrsten Sinne des Wortes, Simenon."

„Und Suzanne Charnaux? Wie verhielt sich Mademoiselle Charnaux vor Gericht?"

„Mademoiselle Charnaux trat nach Mestorinos Aussage zitternd vor den Richtertisch und gab zu, schon immer eine große Zuneigung zu ihrem Schwager gefühlt zu haben. Nach der Scheidung sei man sich näher gekommen."

„Hat sie ihrem Geliebten draußen im Wald geholfen, Massu?"

„Mademoiselle Charnaux widerrief ihre Aussage, ihrem Schwager überhaupt in irgendeiner Art und Weise geholfen zu haben. Und ich konnte dem Gericht leider keine eindeutigen Beweise für ihre Mitschuld liefern."

„Das ist ärgerlich… Wurde eigentlich Truphèmes Tasche gefunden?"

„Nein. Charles Mestorino gab vor Gericht zu, die Diamantentasche in die Seine geworfen zu haben, damit es nach einem Raubmord aussah."

„Das war nicht sehr einfallsreich, Massu."

„Hätte aber klappen können… Richtig einfallsreich war dagegen Maître Raymond-Hubert, der im Verlauf des Prozesses vor der fast unmöglichen Aufgabe stand, den mehr als gefährdeten Kopf seines Klienten zu retten und er instruierte seinen Mandanten in den letzten Prozesstagen äußerst geschickt."

„Charles Mestorino wurde in den letzten Prozesstagen immer mutiger und redseliger, richtig?"

„So ist es, Simenon. Mestorino bedauerte an den letzten Verhandlungstagen den gewaltsamen Tod von Gaston Truphème derart geschickt, dass viele Menschen im Land darüber fast das brutale Ende des bedauernswerten Opfers vergaßen und sich dem Täter zuwandten."

„Es half Mestorino letzten Endes nichts."

„Nein, es half ihm nichts. Am Ende ist der Mörder immer ein Narr…"

Ende

Paris, im März 2014

Nachwort

Charles Mestorino wurde von den Geschworenen am 8. Juni 1928 zu lebenslanger Haft verurteilt und auf die Île du Diable (Teufelsinsel) – eine Strafkolonie vor der Küste von Französisch-Guyana – verbannt. Dort starb er, ohne Kontakt zu seinen Angehörigen, am 4. März 1930 an den Folgen eines entzündeten Mückenstichs und an gebrochenem Herzen.

Suzanne Charnaux widerrief vor Gericht ihre Aussage hinsichtlich ihrer Mithilfe. Ihr konnte von der Anklage nicht einwandfrei nachgewiesen werden, dass Sie Ihrem Schwager bei der Beseitigung der Leiche geholfen hatte. Dennoch wurde sie in einem abgetrennten Prozess der Mittäterschaft angeklagt und zu einer mehrjährigen Haftstrafe verurteilt.

Den Angestellten und der Ehefrau Alice Mestorino konnte keine Mittäterschaft nachgewiesen werden. Dennoch wurden sie in einem aufsehenerregenden Schadensersatzprozess zur Zahlung von insgesamt 365.000 Francs an die Hinterbliebenen des Opfers verurteilt.

Der Mechaniker, der hinsichtlich des Werkstattaufenthaltes von Charles Mestorinos Wagen, aus (angeblich) freien Stücken gelogen hatte, nahm im Verlauf des Prozesses seine Aussage zurück. Er belastete Charles Mestorino schwer und kam selbst mit einem blauen Auge davon.

Danksagung

Mein besonderer Dank gilt Monsieur Richard Wagner und seinem Chef Monsieur Olivier Accarie-Pierson vom *Département Patrimonial / Pôle Archives Service de la Mémoire et des Affaires Culturelles Cabinet du Préfet; Préfecture de police; Paris* für die unkomplizierte Hilfe bei der Recherche nach Informationen über Kommissar George-Victor Massu im Kriminalarchiv des *Musée de la Préfecture de Police 4, rue de la Montagne Sainte-Geneviève - 75005 Paris 3e étage (3. Etage)*

Und natürlich meiner Familie, die mich zum Recherchieren immer wieder nach Paris fahren ließ sowie der *Deutschen Bahn* und der *SNCF*, die mir von Zeit zu Zeit „schöne" Arbeitsstunden in defekten ICE oder TGV irgendwo zwischen Mannheim und Paris-Ost bescherten.

Der Eintritt in das Museum (Montag – Freitag von 9:00 h – 17:00 h, Samstag von 9:30 – 17:30 h) ist übrigens frei.

FSC
www.fsc.org

MIX

Papier aus ver-
antwortungsvollen
Quellen
Paper from
responsible sources

FSC® C105338